O QUE SALVAR?

LINDA SUE PARK

O QUE SALVAR?

ILUSTRAÇÕES
ROBERT SAE-HENG

TRADUÇÃO RAFAEL MANTOVANI

wmf **martinsfontes**

Esta obra foi publicada originalmente em inglês com o título
THE ONE THING YOU'D SAVE.

© 2021, do texto: Linda Sue Park
© 2021, das ilustrações: Robert Sae-Heng
© 2023, Editora WMF Martins Fontes Ltda., São Paulo, para a presente edição.

Todos os direitos reservados. Este livro não pode ser reproduzido, no todo ou em parte, armazenado em sistemas eletrônicos recuperáveis nem transmitido por nenhuma forma ou meio eletrônico, mecânico ou outros, sem a prévia autorização por escrito do editor.

1ª edição 2023
2ª tiragem 2024

Tradução *Rafael Mantovani*
Preparação de texto *Isadora Prospero*
Acompanhamento editorial *Beatriz Antunes*
Revisões *Cristina Yamazaki e Beatriz de Freitas Moreira*
Produção gráfica *Geraldo Alves*
Paginação *Moacir Katsumi Matsusaki*

Dados Internacionais de Catalogação na Publicação (CIP)
(Câmara Brasileira do Livro, SP, Brasil)

Park, Linda Sue
  O que salvar? / Linda Sue Park ; ilustrações Robert Sae-Heng ; tradução Rafael Mantovani. – São Paulo : Editora WMF Martins Fontes, 2023.

  Título original: The one thing you'd save.
  ISBN 978-85-469-0434-1

  1. Literatura infantojuvenil I. Sae-Heng, Robert. II. Título.

23-141652   CDD-028.5

Índices para catálogo sistemático:
  1. Literatura infantil   028.5
  2. Literatura infantojuvenil   028.5

Inajara Pires de Souza – Bibliotecária – CRB PR-001652/0

Todos os direitos desta edição reservados à
Editora WMF Martins Fontes Ltda.
Rua Prof. Laerte Ramos de Carvalho, 133 01325-030 São Paulo SP Brasil
Tel. (11) 3293-8150 e-mail: info@wmfmartinsfontes.com.br
http://www.wmfmartinsfontes.com.br

Impresso na PlenaPrint

Para as minhas famílias da WNDB e da SCBWI,
com amor e gratidão
L.S.P.

Para a minha irmã, Myra
R.SH.

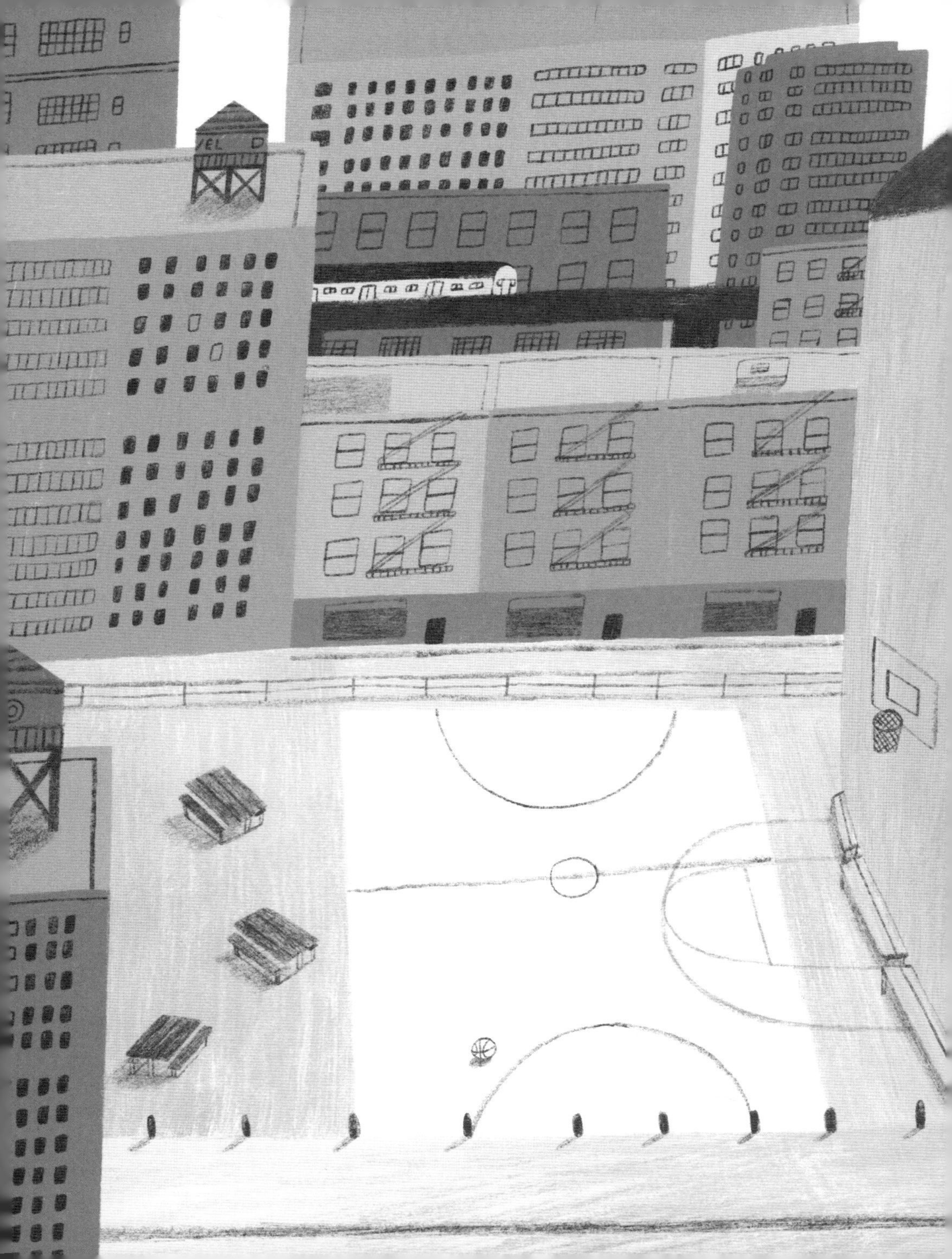

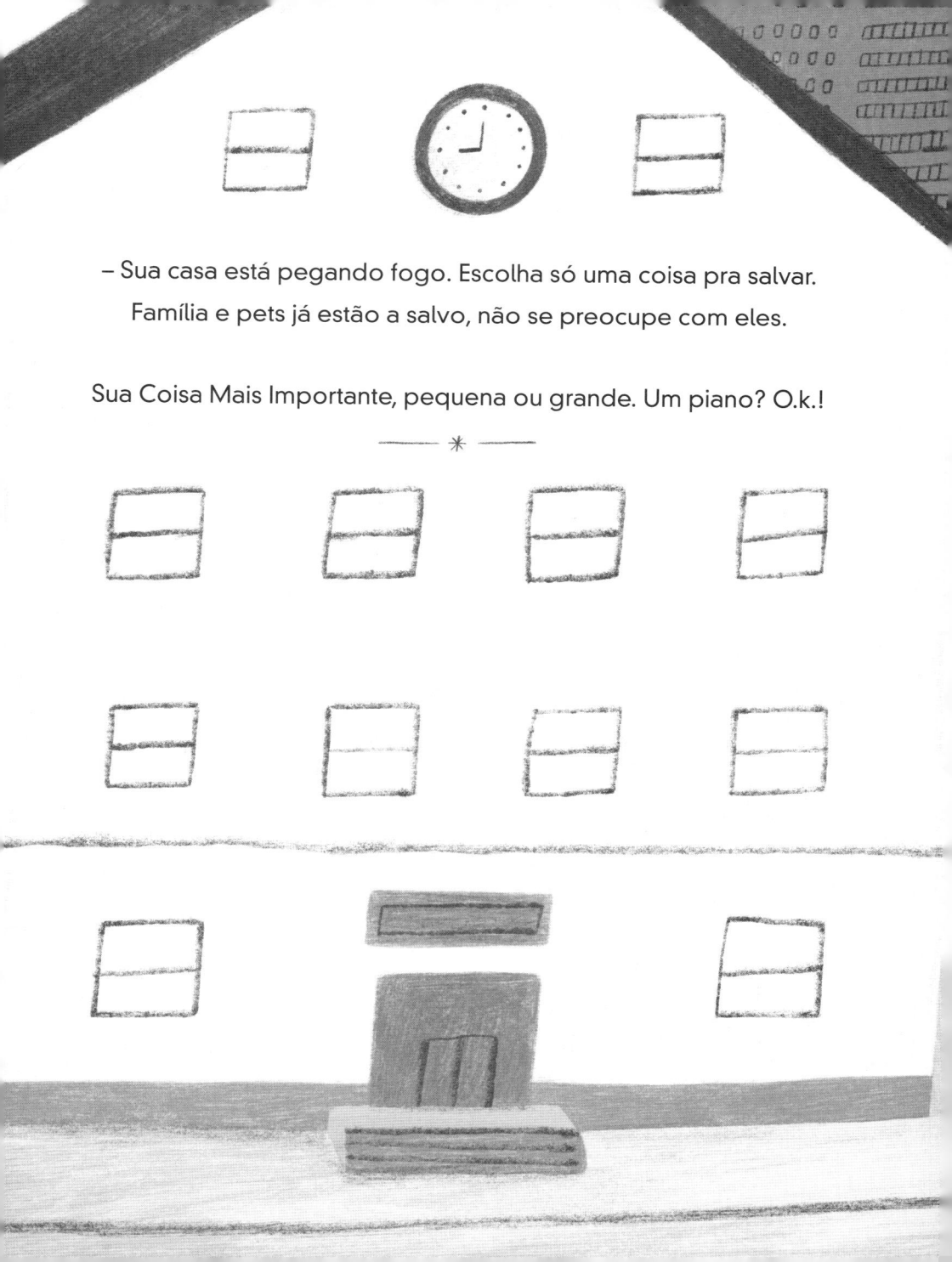

— Sua casa está pegando fogo. Escolha só uma coisa pra salvar. Família e pets já estão a salvo, não se preocupe com eles.

Sua Coisa Mais Importante, pequena ou grande. Um piano? O.k.!

———— ✳ ————

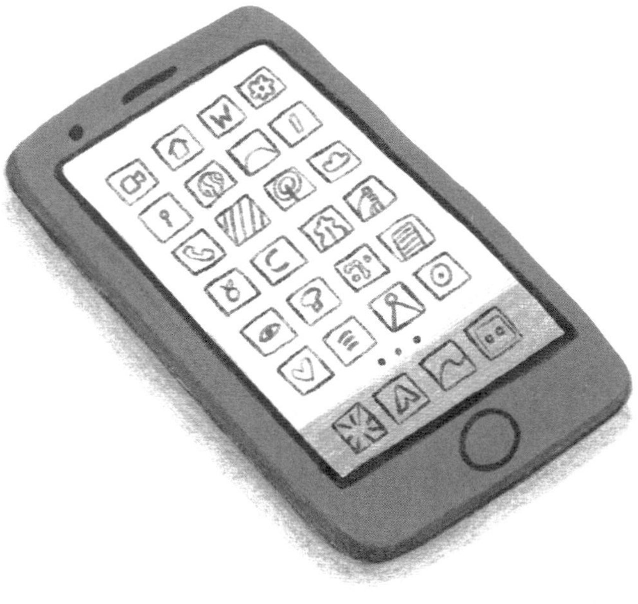

Até que enfim uma tarefa *divertida*, e não uma folha de exercícios.
A professora, sra. Chang, disse que a gente não precisa escrever nada.
Ainda bem! É só pensar pra discutir depois com a classe.

É pra fingir que começou um incêndio e podemos salvar uma coisa só.
Tamanho e peso não importam, ela disse que vale qualquer coisa.
E toda a família e nossos pets já estão sãos e salvos, que alívio!

Mas assim fica difícil, porque eu salvaria primeiro a minha avó.
Artrite… ela sente dor e anda devagar. Pra tirar ela de casa,
eu teria que falar: "Vamos logo, vó! Não precisa pôr chapéu!"

O que será que a May vai levar? Acho que vou ligar pra ela…
É ISSO! MEU CELULAR! Preciso falar com os meus amigos.
Além disso, alguém tem que chamar os bombeiros, certo?

——— ✳ ———

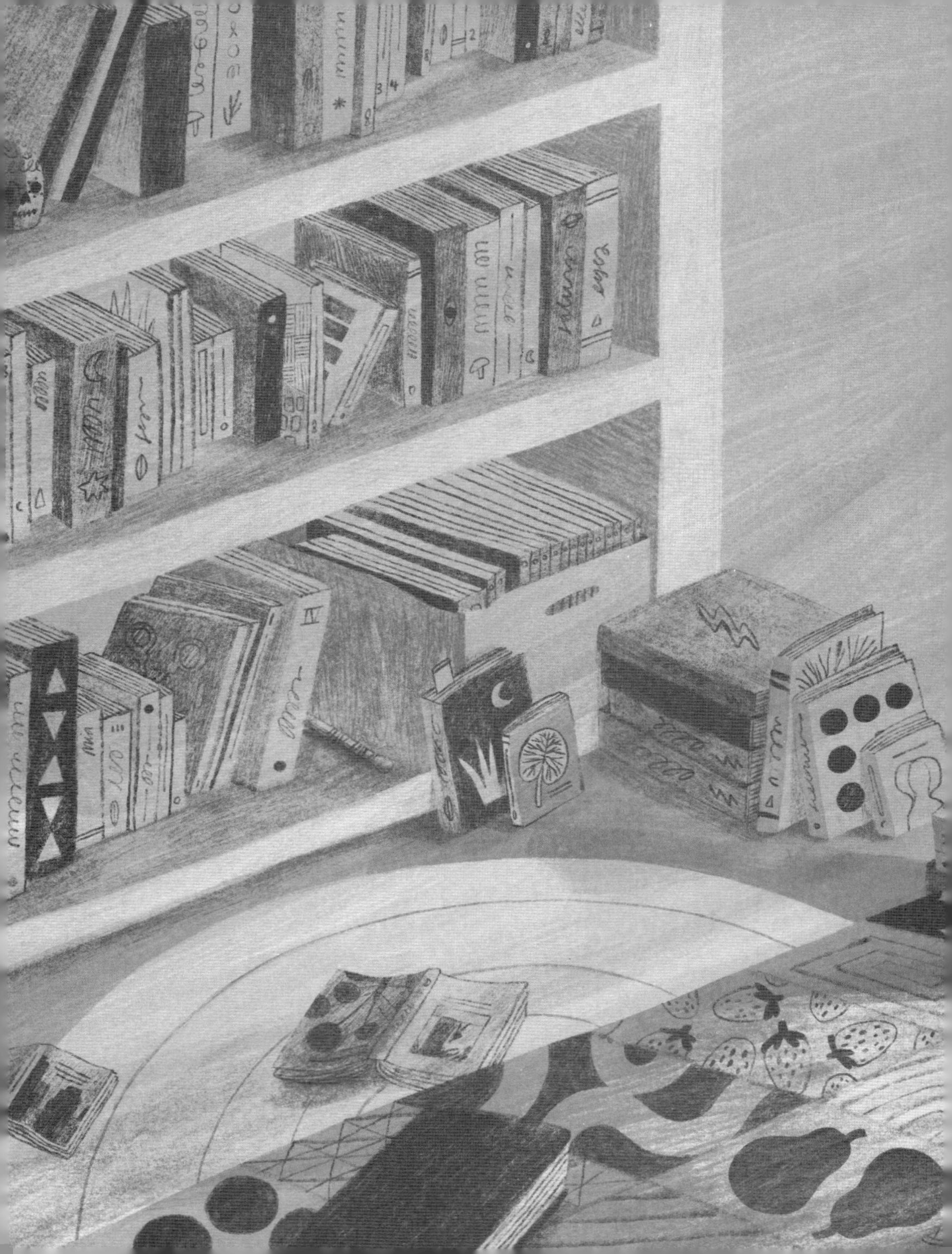

Uma coisa só? Impossível. Como posso escolher só uma?
São tantos itens que eu ia querer levar. Meus livros, pra começar.
Histórias em quadrinhos, mangás, *Calvin e Haroldo*…

Pra não falar dos livros do Neil de Grasse Tyson, tenho sete!
Não posso escolher um favorito, todos são sensacionais!
Que difícil! Não sei… Nunca vou conseguir decidir.

——— ✳ ———

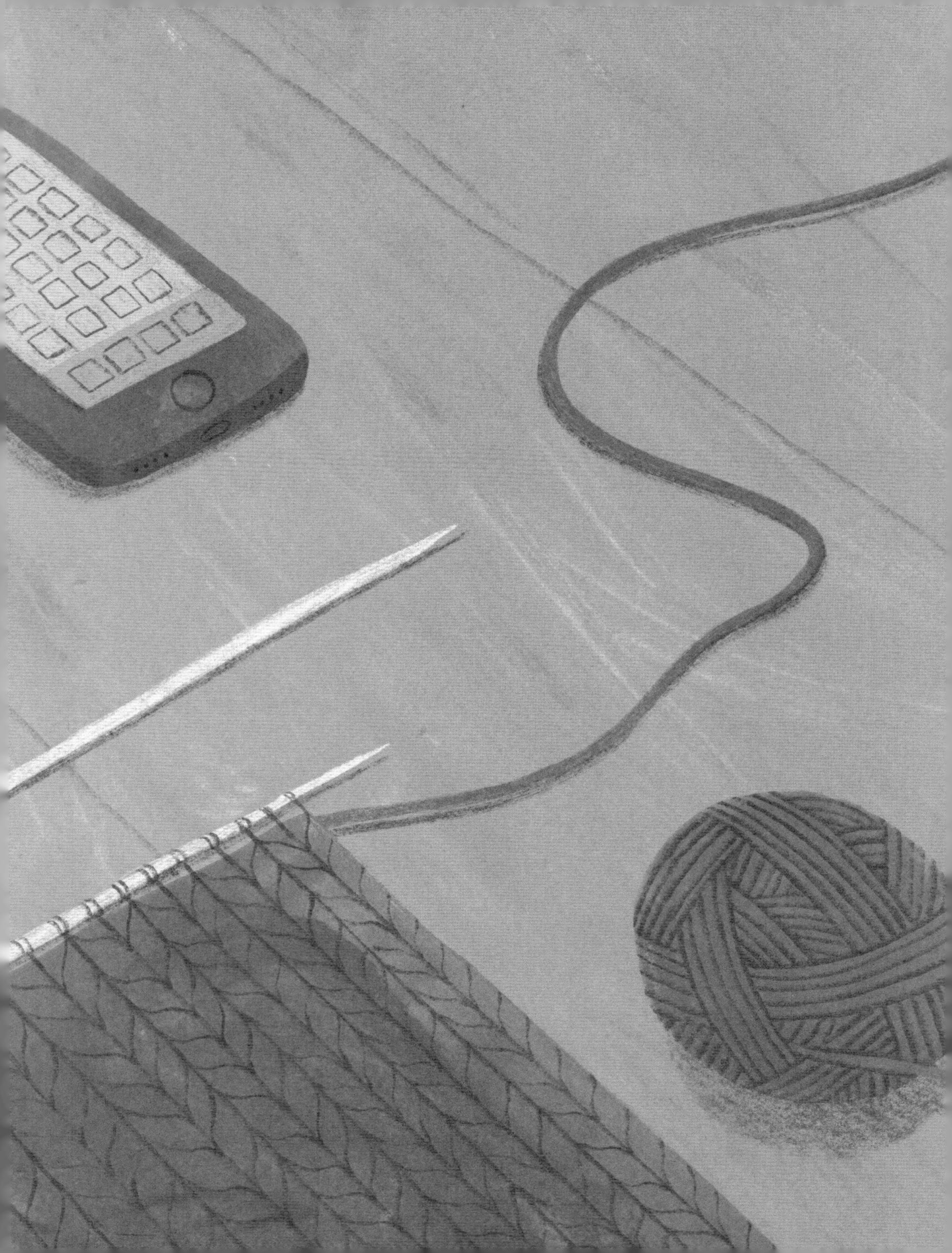

— Promete que não vai achar que é bobagem?
— Como vou prometer isso, amiga,
se você ainda nem me disse o que é? Fala primeiro,
depois eu digo o que acho. Preciso ser sincera, né?

— O.k. É uma blusa.
— Uma blusa? Qual? Ai, não aquela...
— Qual delas? Duvido que você saiba.
— É aquela azul de lá, acertei?
Sério mesmo?! Por que levar aquela blusa tão feiosa?

— Tanto faz se a blusa é feia...
— Mas você quase nunca usa!
Tipo, ficar sem celular é uma coisa chatíssima,
mas por que salvar essa blusa? Você nem ia sentir falta!

— Se você perde o celular, ainda pode comprar outro.
Suas coisas ficam salvas na nuvem, né? Mas uma das minhas avós
já morreu, a outra enxerga mal e não consegue mais fazer tricô,

então nunca vai existir outra blusa como aquela
em todo o universo, até o fim dos tempos.
Coisas que não dá pra comprar outra igual: é isso que você tem que salvar.

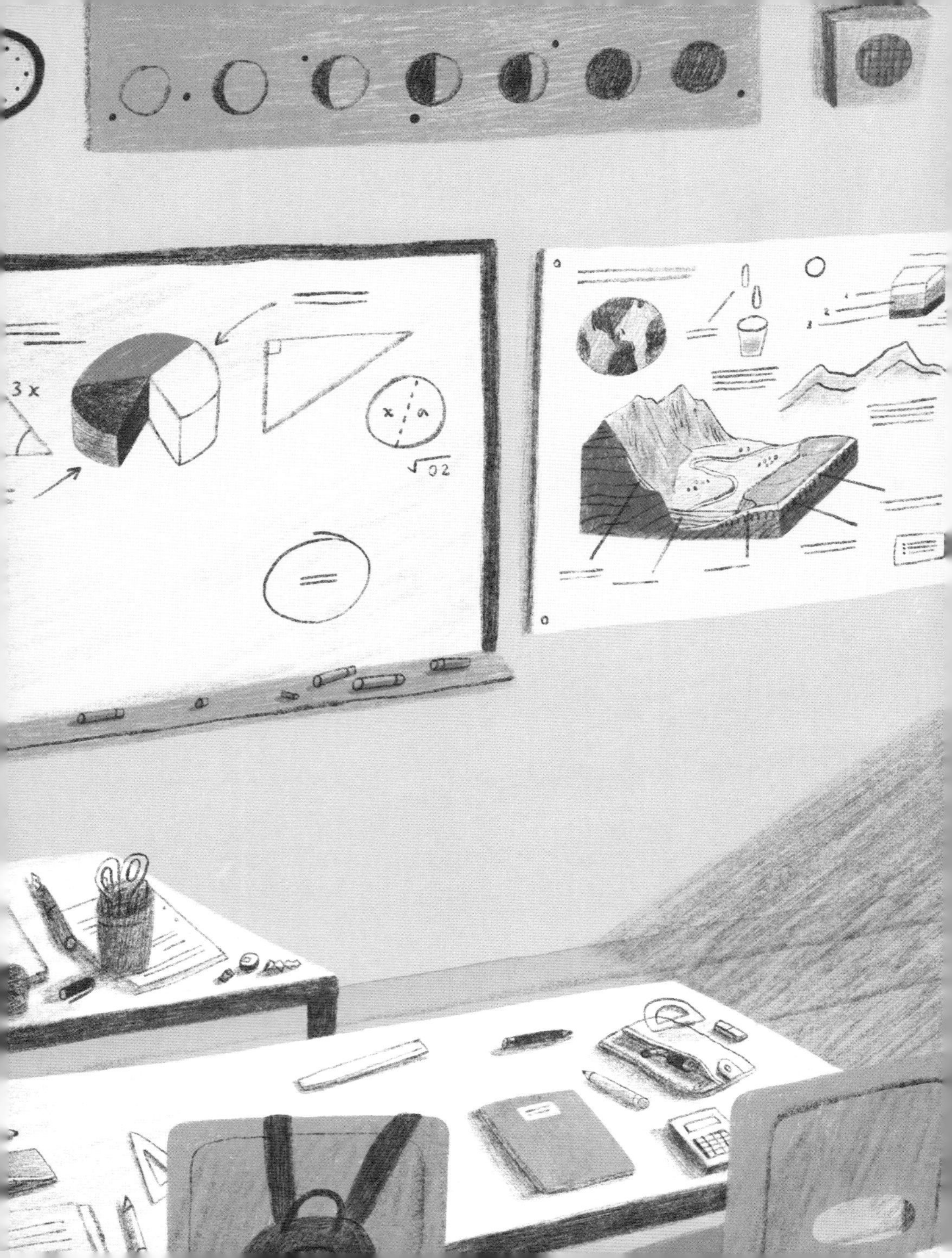
3 x
x a

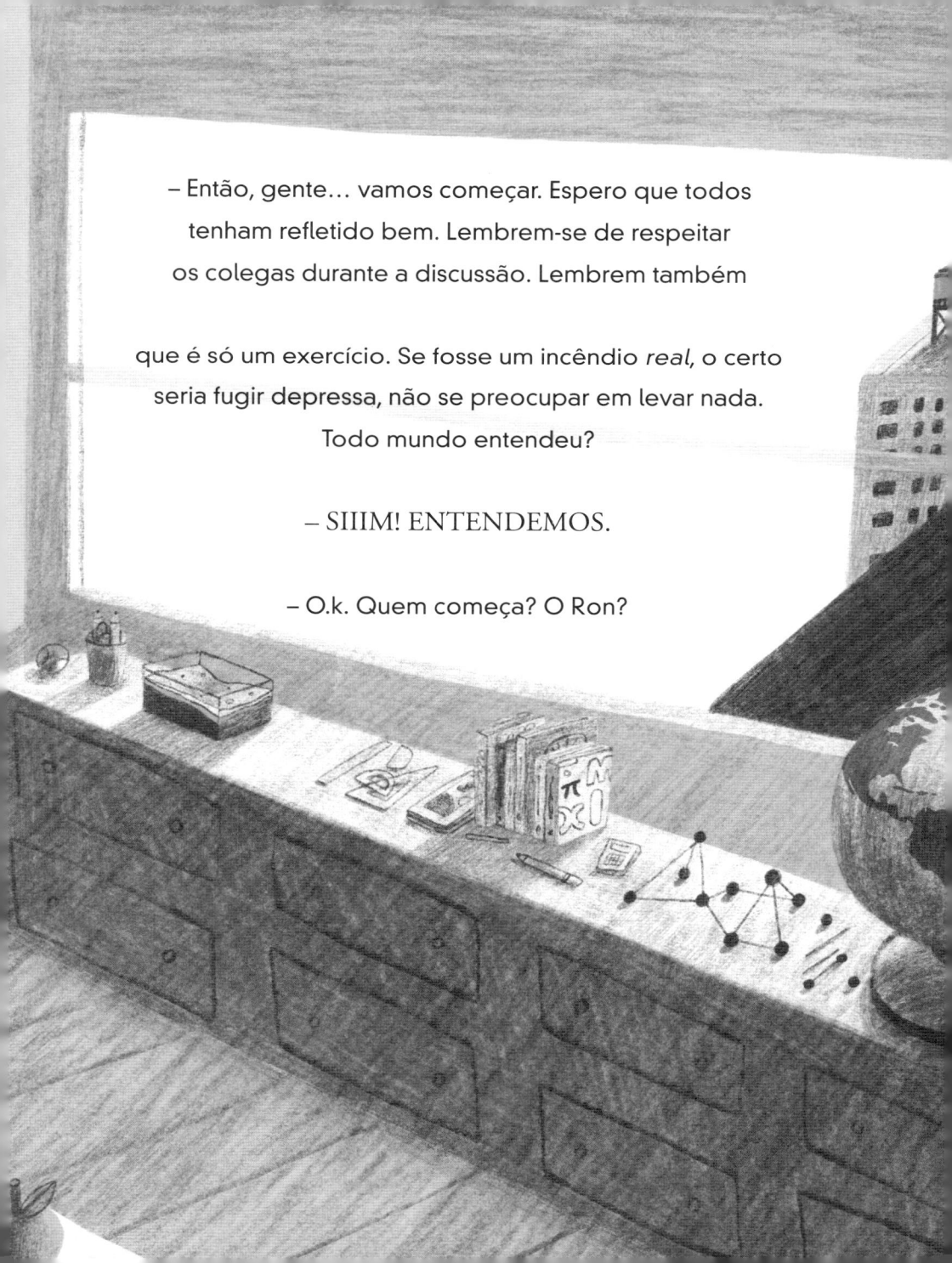

– Então, gente... vamos começar. Espero que todos tenham refletido bem. Lembrem-se de respeitar os colegas durante a discussão. Lembrem também que é só um exercício. Se fosse um incêndio *real*, o certo seria fugir depressa, não se preocupar em levar nada. Todo mundo entendeu?

– SIIIM! ENTENDEMOS.

– O.k. Quem começa? O Ron?

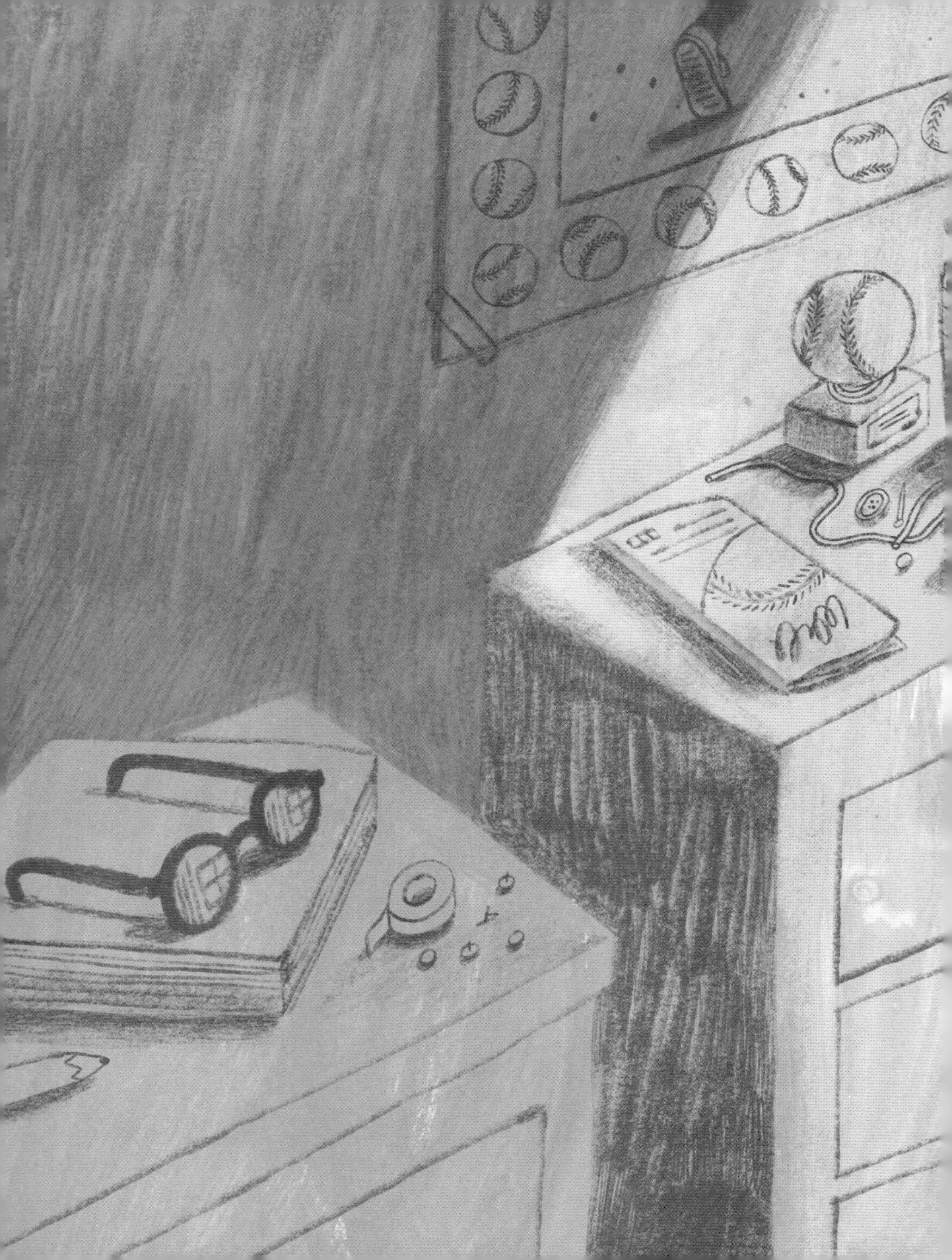

– Professora, o incêndio é de noite ou de dia? Você não disse. Porque, se for de dia, sei muito bem o que eu quero levar, mas, se for de noite, tenho que pegar algo bem diferente.

De dia com certeza eu ia escolher o ingresso do jogo de beisebol que eu fui ver nas férias, *assinado* pelo campeão: Pete Alonso. Pete Alonso! Gosto de passar o dedo no autógrafo

só pra garantir que ainda está lá. Mas, se o incêndio fosse à noite, eu pegaria meus óculos, que estão na mesa de cabeceira, porque, sem eles, não consigo nem achar a porta.

——— ✷ ———

— Meu caderno de desenho, com um lápis na espiral. Adoro desenhar dragões. Asas enormes, escamas, garras afiadas.

Eu poderia desenhar o incêndio. Já desenhei milhões de chamas.

———— ✳ ————

— Gente, por favor, atenção:
temos que ser mais realistas!

Se um incêndio queimasse tudo,
vocês iam precisar é de dinheiro!

Será que só eu penso aqui? Vou levar
A CARTEIRA DO MEU PAI. ÓBVIO.

———— ✶ ————

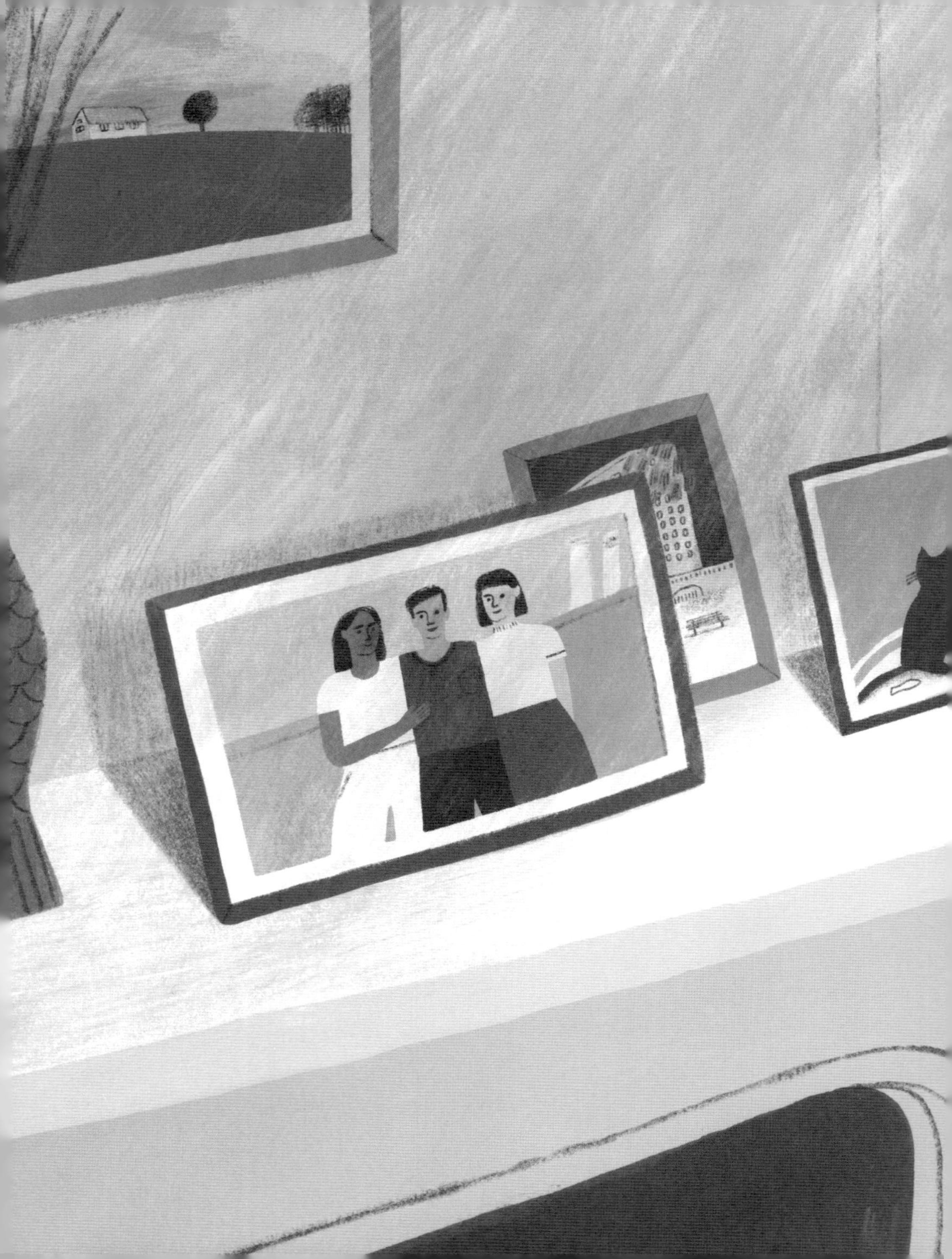

— Nem é uma blusa bonita. Eu sei que é feia, é verdade.
Azul-marinho, tamanho errado, as mangas grandes demais.
Mas tem coisas tão feias que acabam sendo bonitas, sabe como é?

Muito tempo atrás, minha avó fez uma blusa pro meu pai.
Ele usou mil vezes, até gastar. Então minha outra avó,
que mora com a gente, desmanchou a blusa e fez uma nova

pra mim. É isso que eu ia salvar. Minhas avós e meu pai…
pode parecer bobagem, mas, sempre que eu visto essa blusa,
é como se recebesse um abraço quentinho deles.

——— ✳ ———

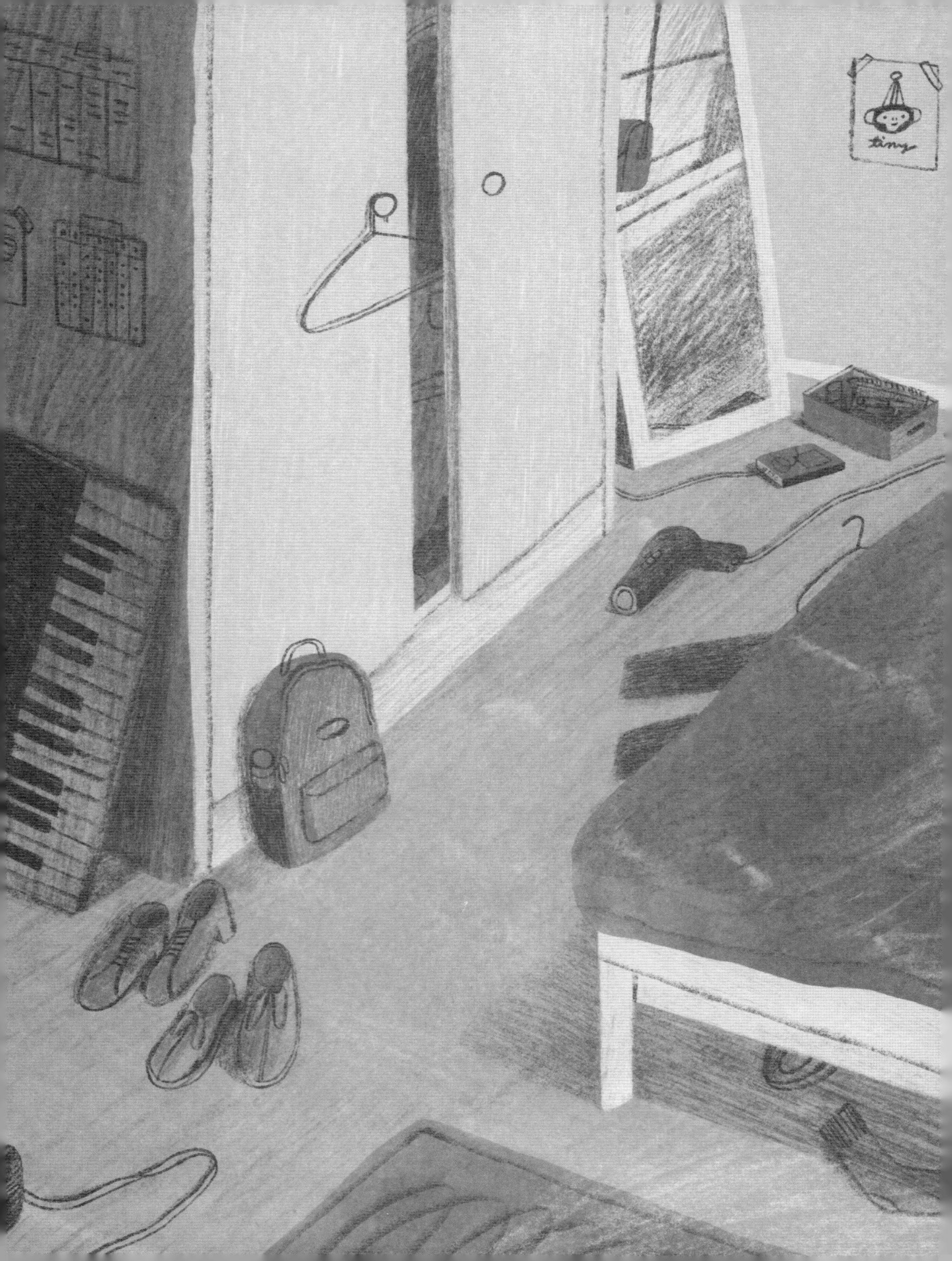
tiny

AMOR

PEDRAS
RARAS

ROCHAS

Já sei o que a Natalie vai levar: aquela coleção de bichos.
Com o gatinho que eu dei pra ela. Bege, com orelhas e patas marrons
e até um rabo enrolado entre as pernas. Tão fofo!

Eles vêm de brinde em caixas de chá e nunca contei pra ela
que precisei abrir três – porco, cão, cão – até achar o gato.
Abri as embalagens sem tocar nos saquinhos de chá,

mas o gerente me viu, ficou bravo e berrou comigo,
me fez comprar as quatro caixas. Ainda bem que eu tinha dinheiro.
Saiu caro esse gatinho! Mas tive uma ótima ideia:

dei pra Nat uma caixa enorme, cheia de saquinhos de chá,
e ela precisou fuçar até achar o gatinho
olhando pra ela com olhos azuis. Ficou tão feliz que gritou.

——— ✳ ———

URO
CHÁ VERDE
URO
CHÁ VERDE
PURO
CHÁ VERDE
URO
CHÁ
PURO
CHÁ VERDE
PURO
CHÁ VERDE
PURO
CHÁ VERDE

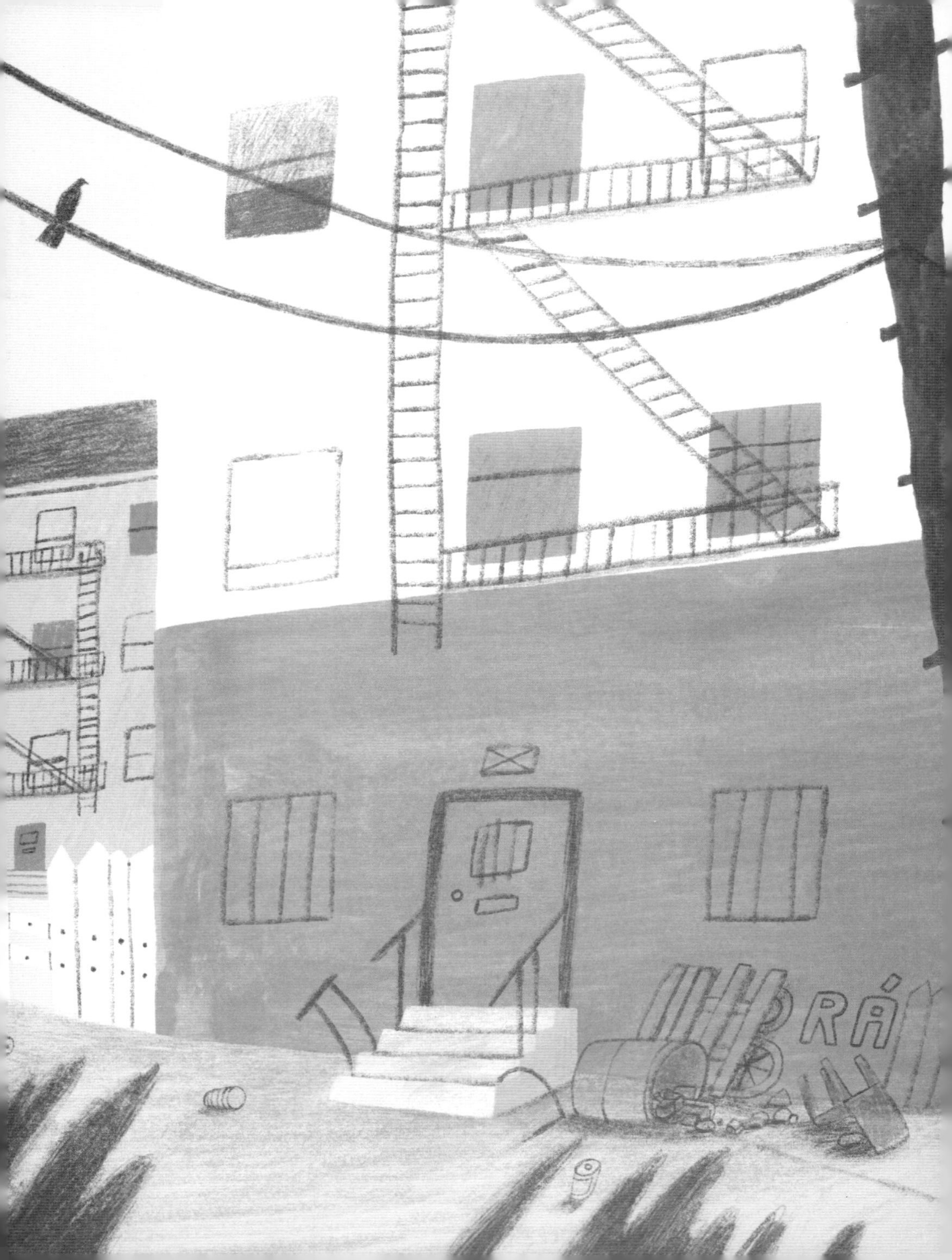
RÁ

Essa é fácil. Se tiver um incêndio, não vou levar nada.
Não quero salvar coisa nenhuma. Minha casa é um lixo, juro.
Seria um grande dia. Eu ia gostar de ver tudo queimar.

———— * ————

Minha placa. Trabalhamos por seis meses,
a Shareen e a Carly e eu,

documentando passo a passo
como e onde conseguimos coletar

cem meteoritos do solo
nas calhas de escoamento da chuva.

A placa diz "Feira Estadual de Ciências,
Segundo Lugar", em letras douradas.

Será que a Mae Jamison começou assim?
Ou a Ellen Ochoa? Provamos que

a terra nas ruas deste bairro
tem fragmentos de estrelas de verdade.

———— ✳ ————

— Mas, se eu levar livros, vou ter que deixar minhas cartas. Sabe há quantos *anos* estou colecionando? E a Fênix Carmesim, que eu acabei de ganhar! Ainda nem joguei com ela!

– Ah, não. Esquece isso, Jay.
Paramos de jogar com essas cartas faz tempo!

– Pois é, Jay, é coisa de criança…

– Já chega. Turma? Devemos proteger…?

– DEVEMOS PROTEGER, AJUDAR E RESPEITAR
UNS AOS OUTROS!

– Obrigada. Quem quer falar?

— Professora, tudo bem se... será que vale *uma coleção*? Guardo todos juntos, na mesma estante, são noventa e três. Noventa e três bichinhos de porcelana. Vêm de brinde em caixas de chá.

— Noventa e três é muito, Nat! Você coleciona faz tempo?

— Impressionante, Natalie. E sim, acho que uma coleção pode contar como uma coisa só. Explica melhor como é.

— Coleciono faz seis anos. Tenho todo o conjunto da fazenda, o galo e o cavalo repetidos, três porquinhos iguais. Os cachorros são tão lindos: boxer, bassê e pastor-alemão.

Bichos de zoológico: não consegui o leão, mas tenho a leoa.
Os ameaçados de extinção são mais raros, só tenho três:
panda, tigre-de-bengala e jacaré-da-china.

– Também parece um belo jeito de aprender sobre animais.

Não tinha pensado nisso, mas a professora tem razão.
Eu nem sabia que existiam jacarés na China!

Meu favorito é o gato siamês que a Sandra me deu
de aniversário. Fiquei tanto tempo procurando!
Só minha melhor amiga saberia disso. Foi um presentão.

——— ✶ ———

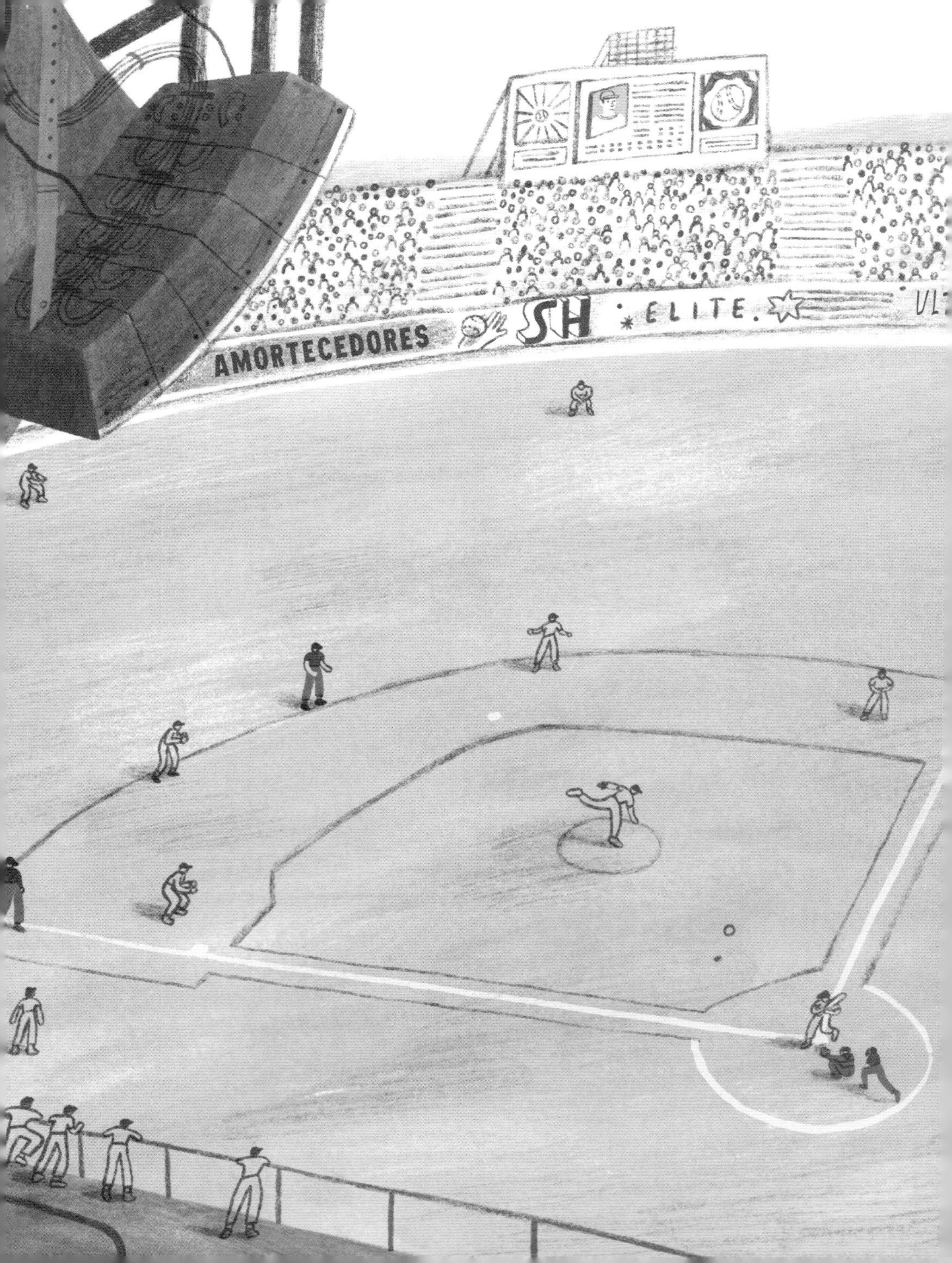
AMORTECEDORES
SH
ELITE.

O ingresso. O do jogo de beisebol que eu fui ver com o Ron.
A gente chegou cedo pra pegar os melhores lugares
e ficar vendo o aquecimento dos jogadores do Mets.

Daí o Pete Alonso terminou o treino e ia voltar
pro vestiário, e fui eu que vi ele saindo de campo
e corri e dei meu ingresso pra ele autografar,

mas quando ele ia pegar, veio o Ron e pôs o ingresso *dele*
antes. E o Pete autografou e continuou andando
e não assinou o meu. Não é culpa dele, o Pete não tem tempo,

é tudo culpa do Ron, que passou bem na minha frente,
estou bravo até hoje. Sei que ele ficou mal, disse:
"Cara, nunca achei que ele não fosse autografar o seu",

mas vi que ele estava feliz de ter o autógrafo do Pete,
então não ficou *tão* mal assim. Mas olha só: a caneta
do Ron era tão fraca que o autógrafo já está apagando

e borrando, de tanto ele encostar. Mas, quando eu gritei
"Por favor, Pete Alonso, assina o meu também!", ele olhou
e deu tchau e então sorriu pra mim… pra mim, não pro Ron,

então, se houvesse um incêndio, eu pegaria o ingresso sem autógrafo,
porque é do dia em que o Pete Alonso olhou pra mim,
e isso não é tinta num papel, é real, nunca vai se apagar.

——— ✳ ———

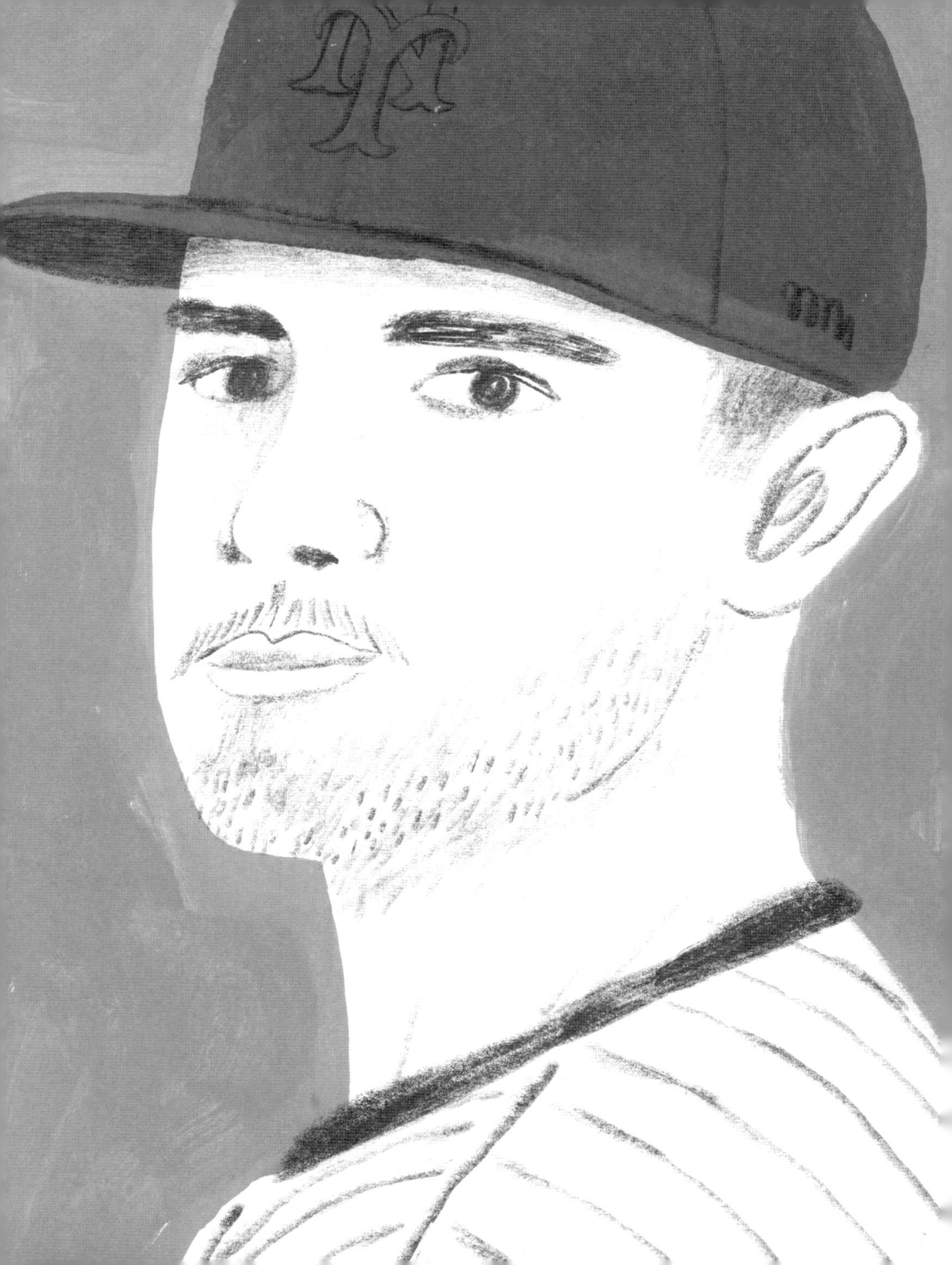

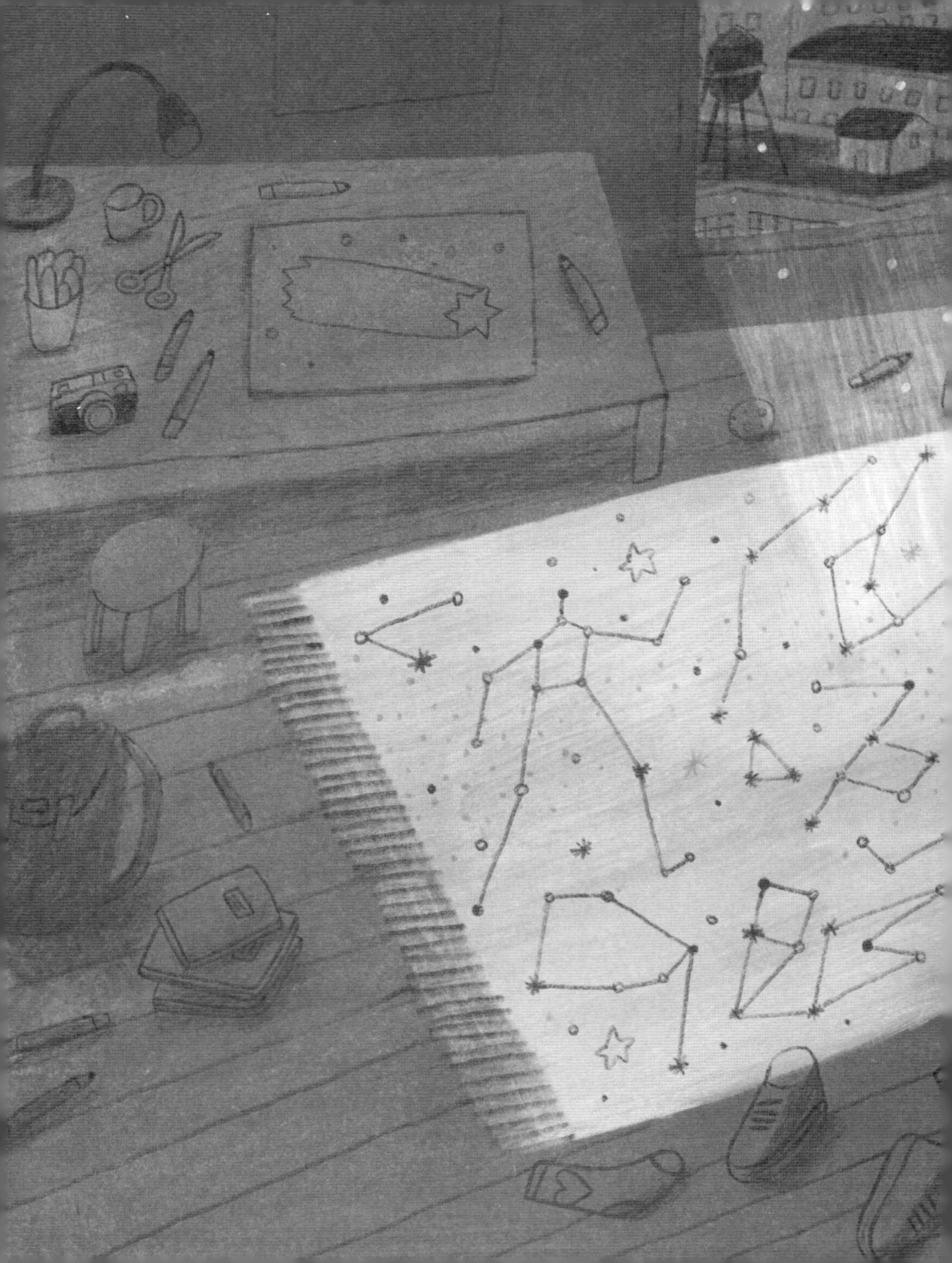

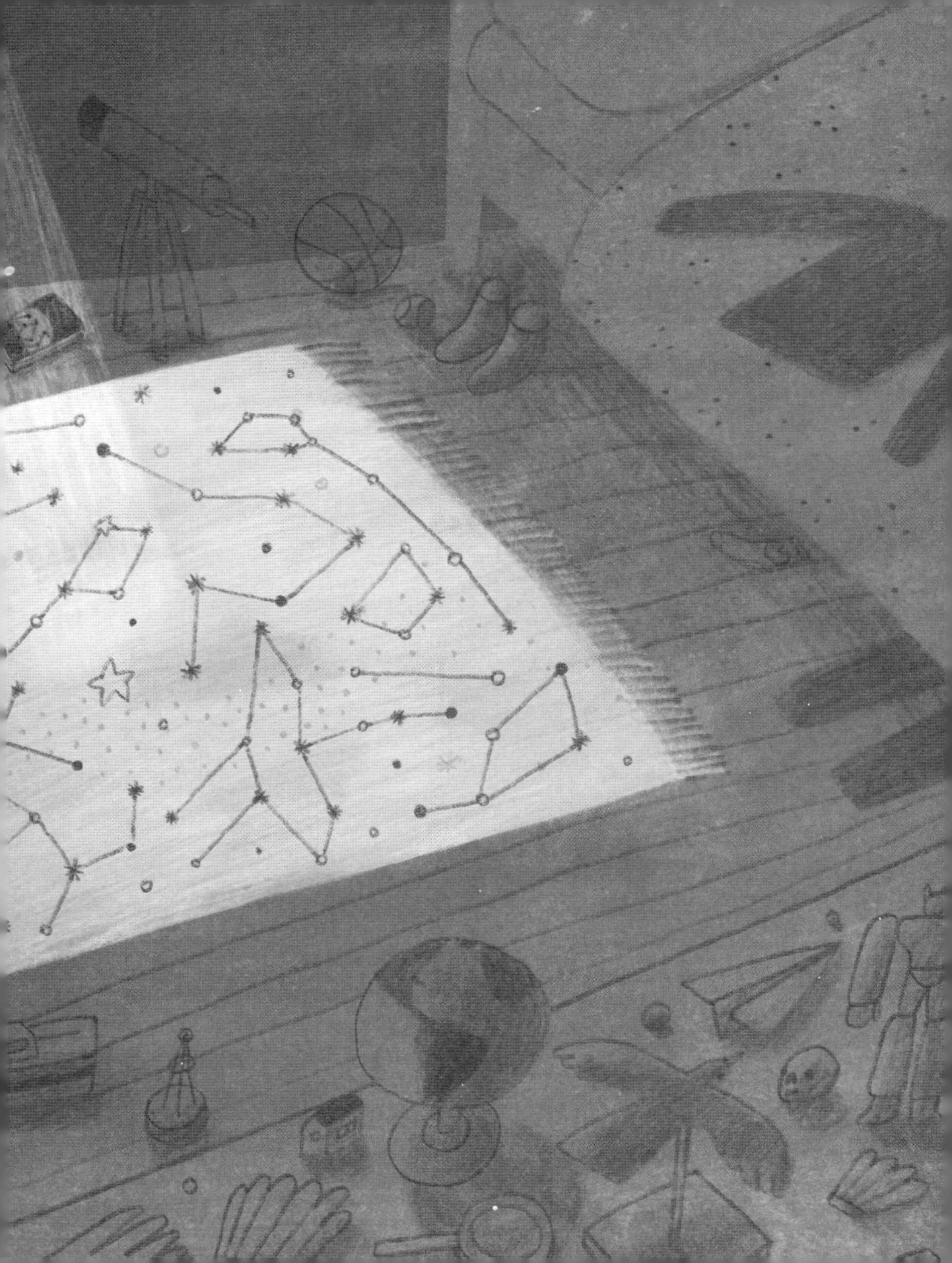

– O tapete do meu quarto. Para de rir, Ty!
Deixa eu explicar por quê.

Se alguém sair do prédio
pegando fogo e gritando,

já estou pronto com o tapete.
Falo: "PARE, DEITE E ROLE!"

A professora disse que a *família* já está salva.
Mas tem outras pessoas no meu prédio,

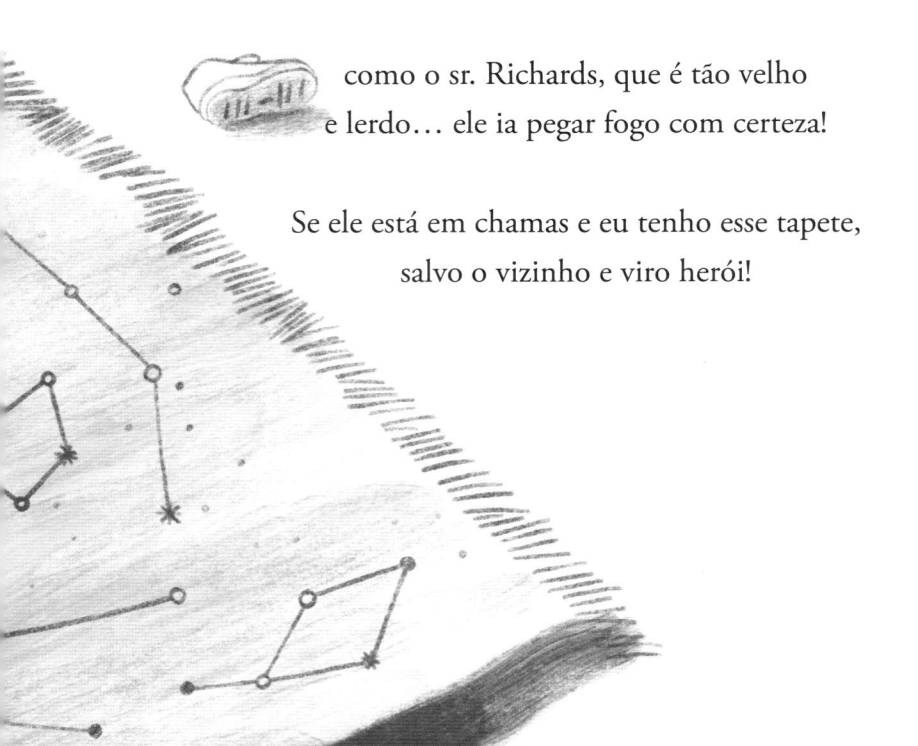

como o sr. Richards, que é tão velho
e lerdo… ele ia pegar fogo com certeza!

Se ele está em chamas e eu tenho esse tapete,
salvo o vizinho e viro herói!

– Herói? Isso só acontece nos filmes. Não na vida real.
– Tá, eu sei, eu sei. Mas o que *eu digo é:*
se eu tiver a chance de ser herói, vou estar pronto.

——— ✳ ———

O que eu ia querer levar, a professora talvez não goste,
pode parecer uma grande bobagem. Sei que é só um par de tênis,
mesmo que sejam os tênis mais incríveis do planeta,

do tipo que o Jeremy Lin usou na vitória estrondosa
contra os Lakers – vi esse vídeo umas cem vezes.
Mas não é pelos tênis em si. É porque guardei dinheiro

por meses e meses – não comprei nadinha, nem um app,
nem um único jogo, a gente ia na lanchonete e eu não pedia
nem um hambúrguer, e o James cansou de eu roubar batatas dele,
até que eu consegui economizar o bastante. Só que, no dia,

estava mais caro na loja! Quando olhei o preço,
minha mãe viu minha cara, deu risada e pagou o que faltava.

Eram tênis tão limpos e brilhantes – e o melhor: sem chulé.
Primeiro eu nem queria sair de casa com eles, pra não estragar.
Agora estão lasseados, mas ainda passo um pano toda noite.

Talvez não parecesse bobagem se eu explicasse direito...
A sra. Chang é bem legal. Além disso, tenho outro motivo:
com essas belezuras, se tiver um incêndio... é só correr!

——— ✳ ———

Uma vez eu fui à praia.
O mar era tão grande… e eu pequeno,
mas isso era bom: meus problemas
eram pequenos também. Achei uma concha
inteirinha, sem nenhum defeito.
É perfeita, por menor que seja.

Era inverno, o dia cinza e frio,
nem dava pra entrar na água.
As ondas – não sei se faz sentido,
só que é verdade – elas mudam o tempo todo,
mas são sempre iguais, fazendo barulho
sem ser barulhentas.

Guardo essa concha no bolso
e sigo o desenho com o dedo
quando não estou muito bem.
Me faz pensar no oceano,
levando os problemas embora.
Alguns deles, pelo menos.

——— ✳ ———

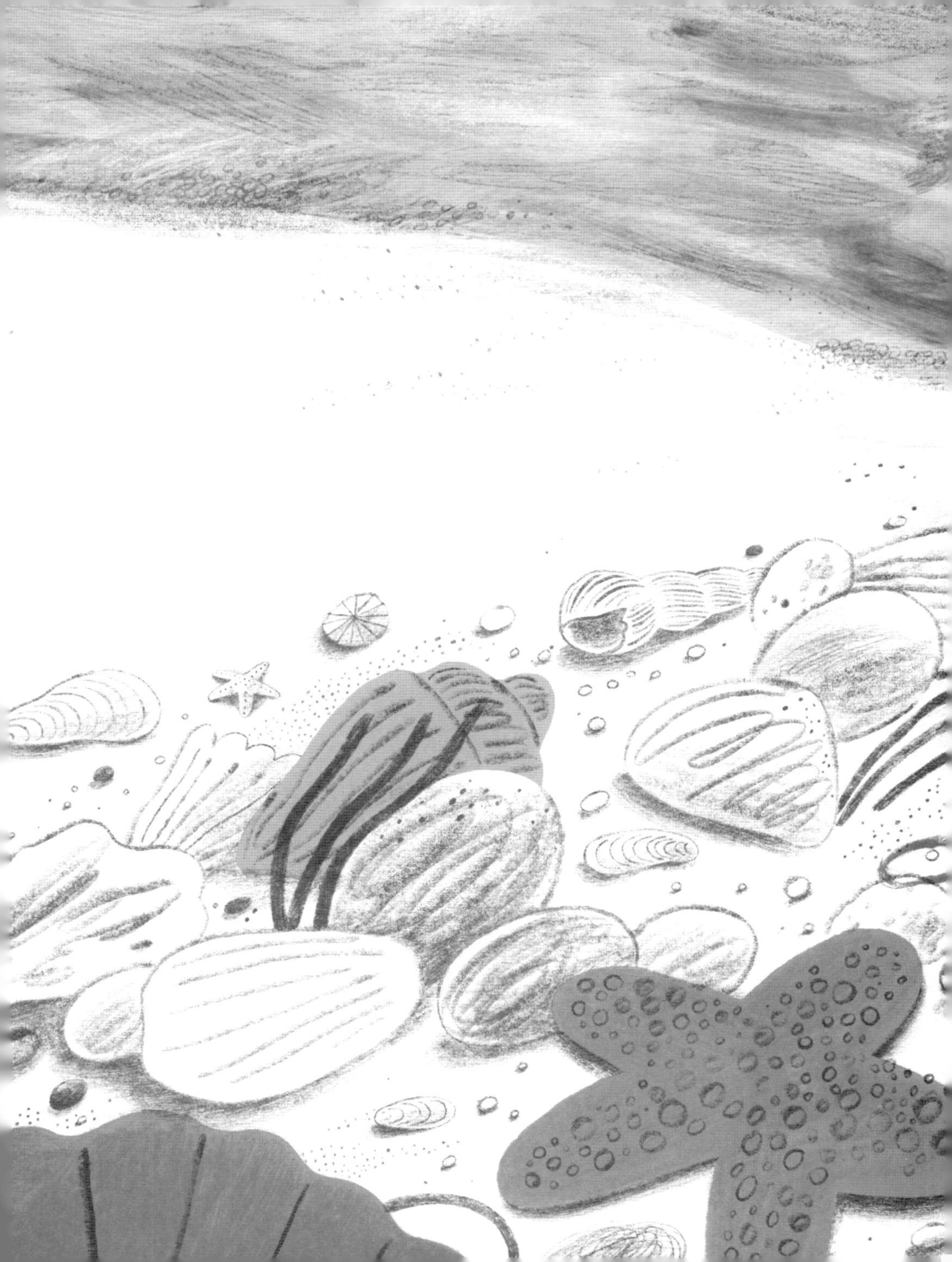

Todo mundo está falando o que quer levar, tentando decidir
o que é melhor. Eles não sabem o que eu sei, nem a professora,
embora ela tenha dito pra não levar nada se o incêndio for real.

Eles não sabem: quando a fumaça se infiltra por baixo da porta
e você se lembra de não abrir, pros gases não entrarem,
e caminha, bem agachado, da cama até a janela

e tem que fugir pela escada de incêndio, mas a escada
está emperrada e sua mãe já está lá embaixo pedindo ajuda
e você acaba pendurado na ponta da escada emperrada

e vê o vizinho do 33 correndo e gritando "aguenta aí,
aguenta aí", chegando de calça de pijama e camiseta velha,
até ficar embaixo de você e dizer "se solta agora, eu te pego",

e do terceiro andar pro chão, nossa, parece tão alto,
você não tem coragem de se soltar, suas mãos não abrem,
então você finalmente solta e ele te pega, mas meio torto,

então ele cai, quebra o pulso no cimento e você se arranha todo
e as cicatrizes ficam pra sempre. Pois é, se o incêndio for real,
sua única preocupação é salvar a própria pele.

———— ✳ ————

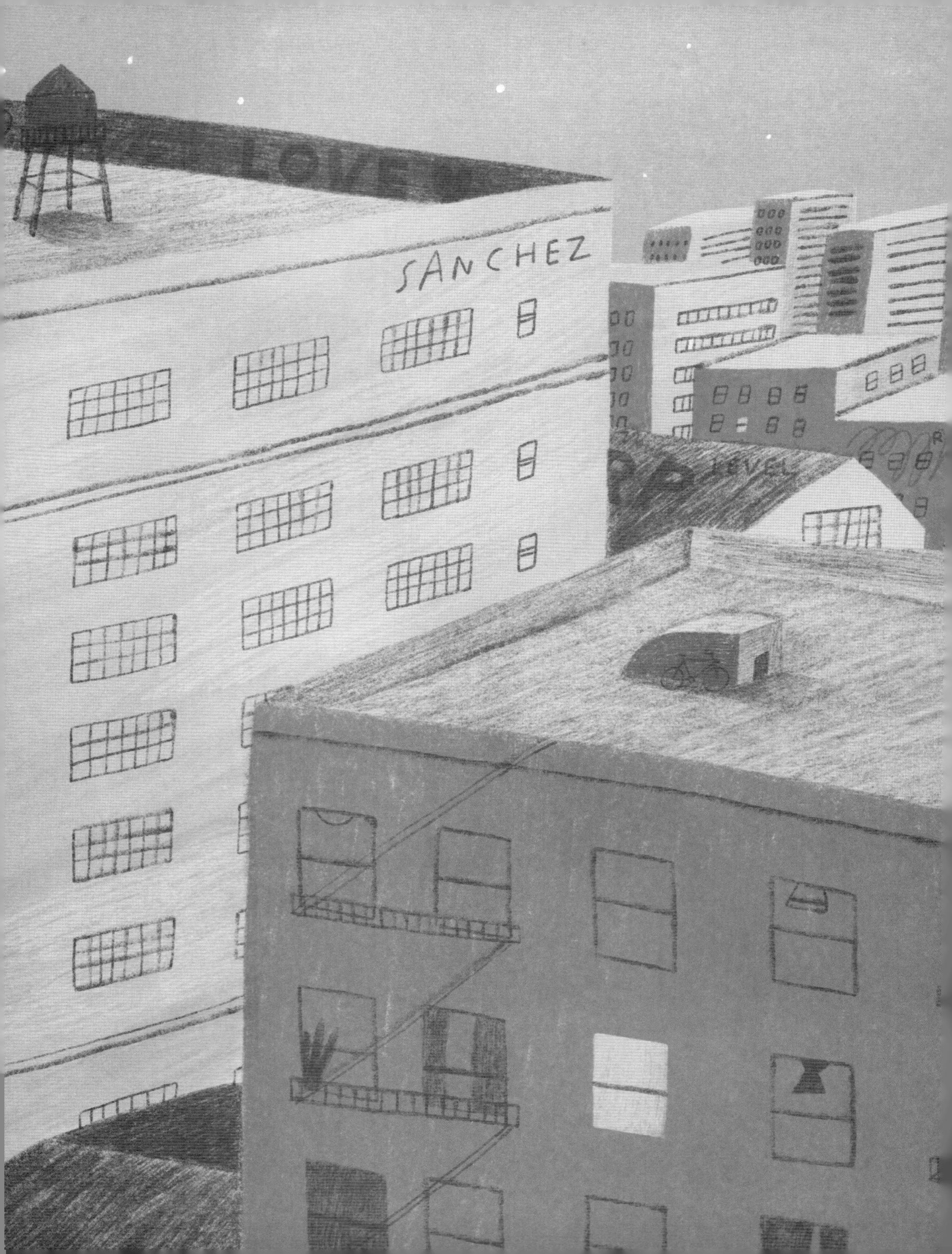
SANCHEZ
LOVE

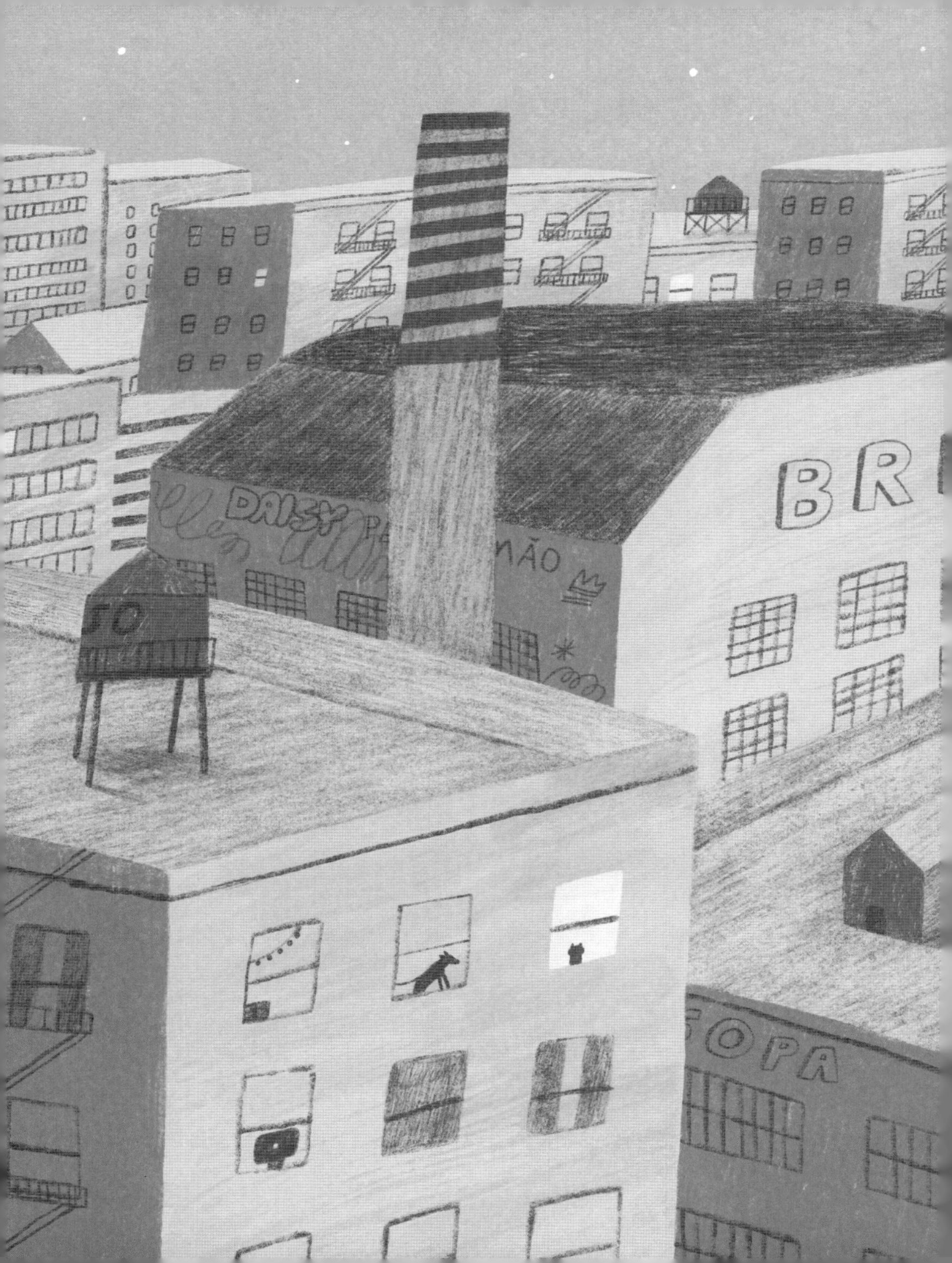
DAISY
PA
NÃO
BR
SO
SOPA

3.1415

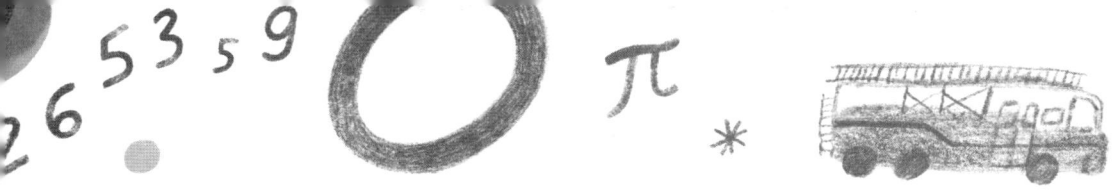

– Meu laptop. O universo inteiro em treze polegadas.
É como ter um cérebro a mais. Além disso, ele é tão caro…
Faz mais sentido escolher algo que custou dinheiro.

———✳———

– Tem uma caixa ao lado da cama da minha mãe.
Dentro, embrulhados com todo o cuidado,
ficam uma mechinha de cabelo castanho
e uns pedacinhos de unha cortada.

São do meu irmão Anthony. Teria oito anos, se estivesse vivo.

O coraçãozinho dele tinha problema.
Não me lembro muito bem de como ele era…

Eu era tão pequena, quatro anos.
Mas às vezes minha mãe ainda chora.

Eu ia pegar aquela caixa e correr
pra salvar o Anthony do incêndio.

———✳———

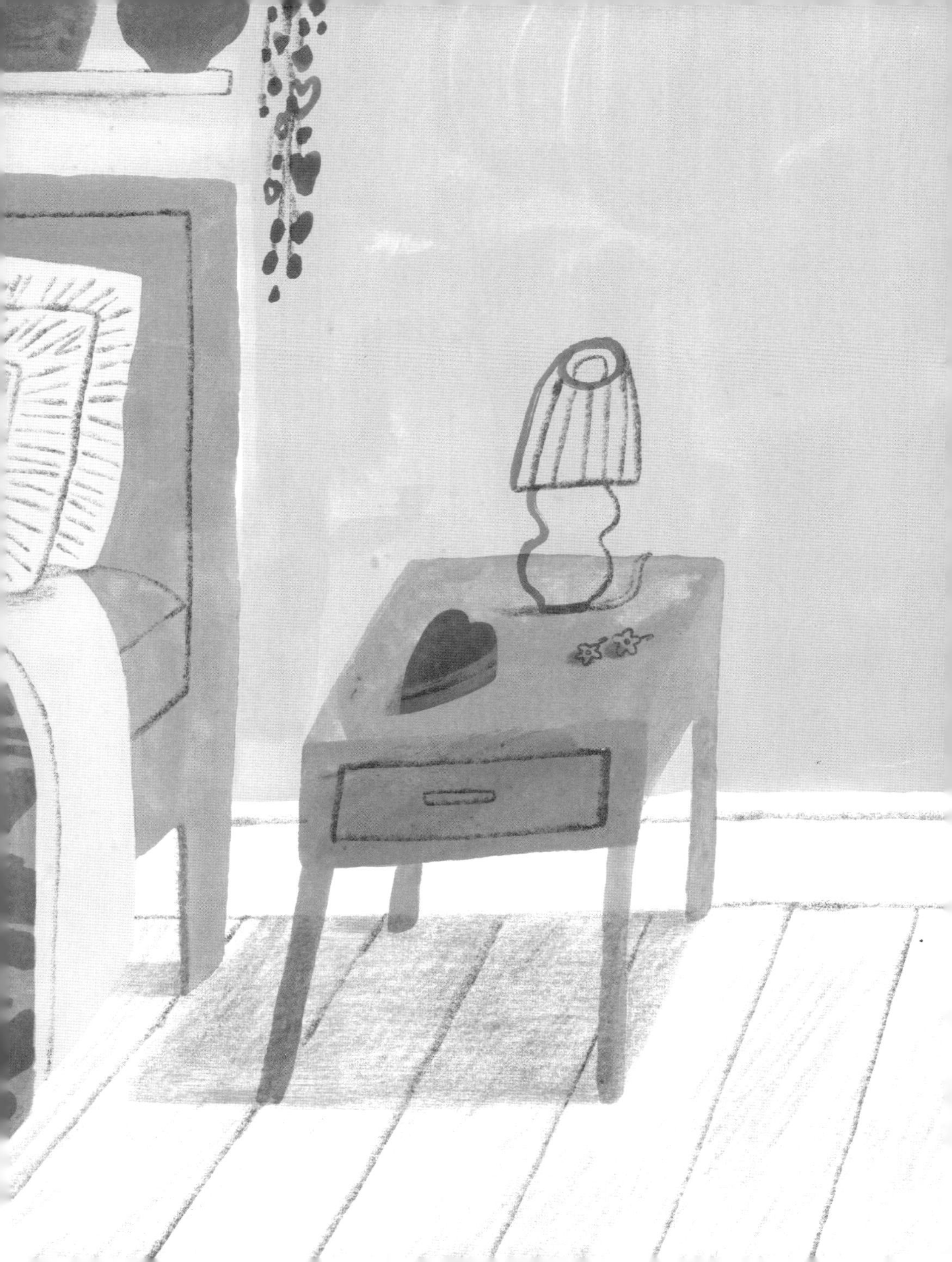

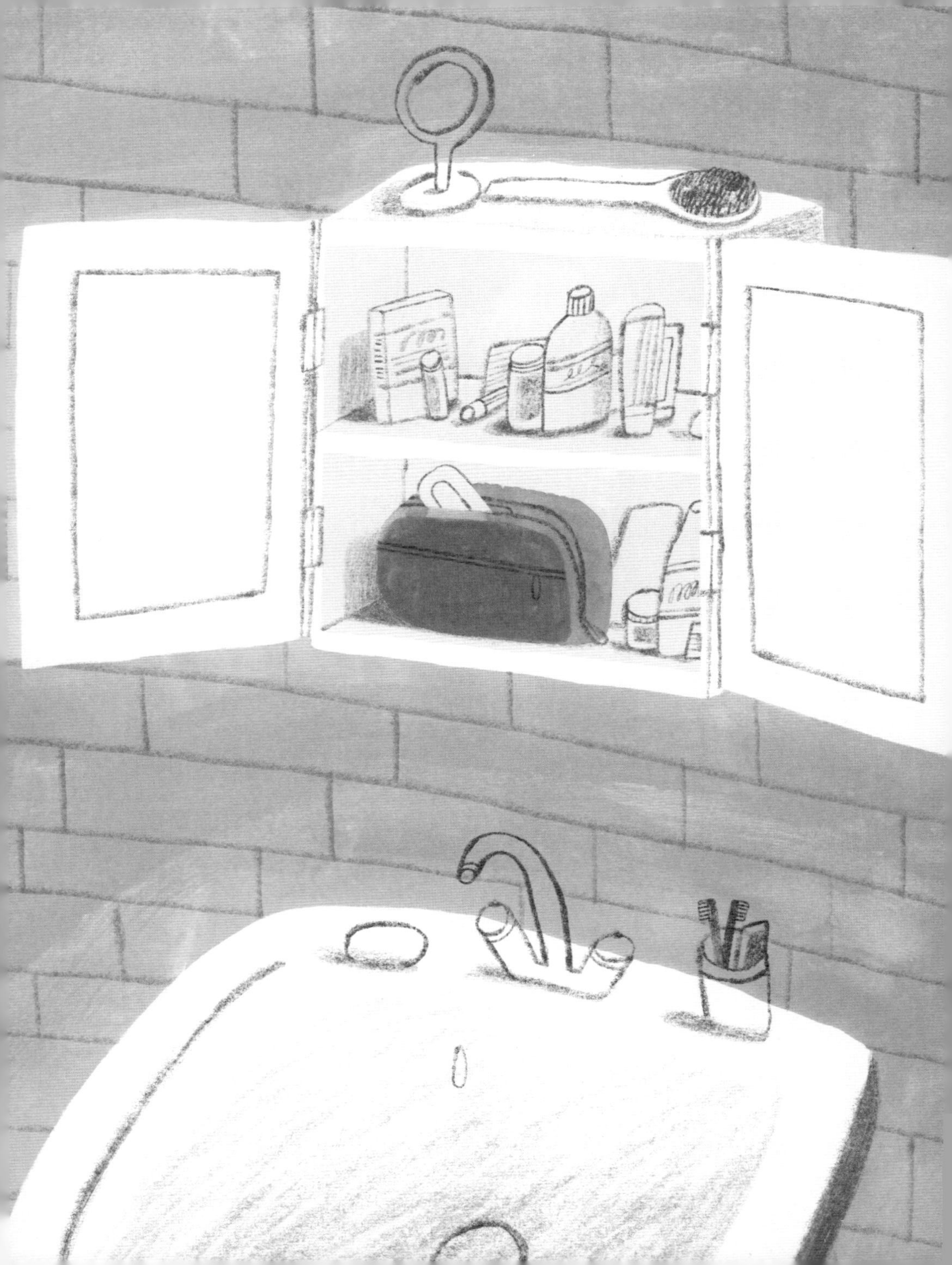

– É minha tarefa quando a gente sai. Minha mãe esquece, na correria.

E ela não ia pensar direito se o prédio estivesse queimando.

Eu iria pro banheiro pegar o estojo de insulina dela.

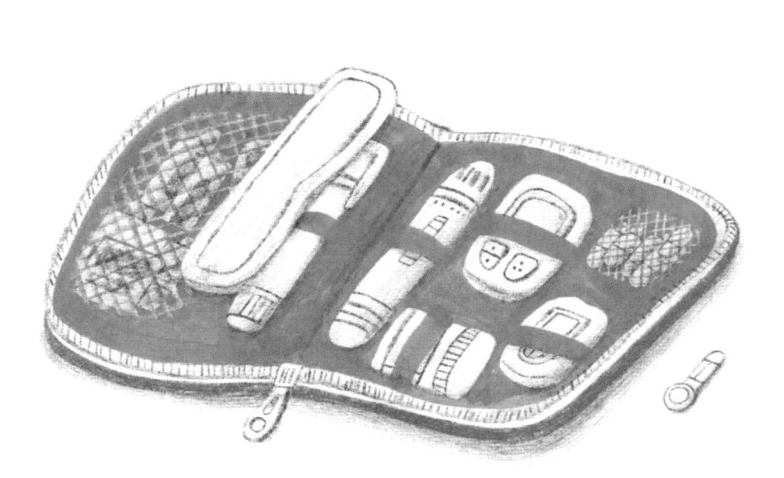

———— ✳ ————

Poxa. Isso que a Sophia disse, sobre o irmão que morreu...
Agora não posso dizer o que pensei. Não sou tonto,
sei que é muito pior perder um irmão do que um cachorro.

Mas sinto falta do Prince todo dia. Ele na janela esperando
eu voltar da escola, pulando e lambendo, latindo feliz,
como se fizesse anos, e não horas, que não me via.

Orelhas estranhas, uma pra cima, outra pra baixo. Pelo preto e branco.
Outro cachorro? Talvez. Mas nunca vai ser igual ao Prince.
Ele sempre, *sempre* me achava o melhor. Nunca duvidou de mim.

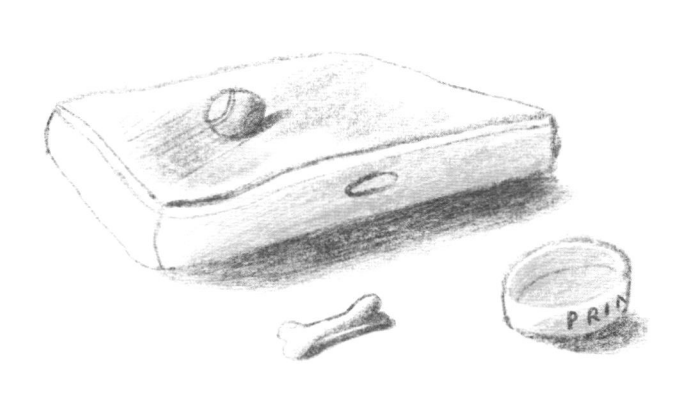

―――*―――

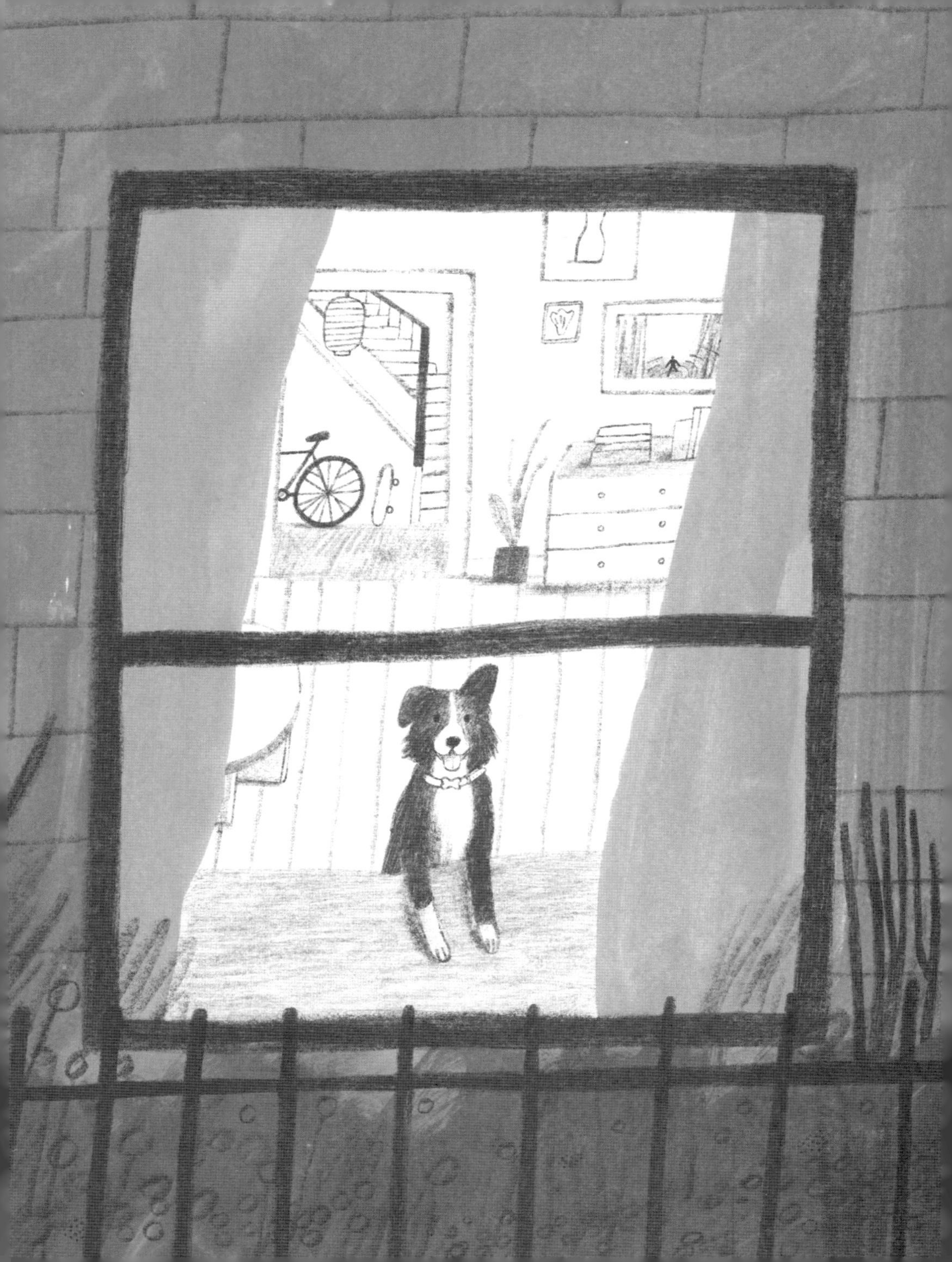

— Já decidi: minha estante.
É uma coisa só, como a coleção da Nat.
Livros, jogos e revistas
e o esqueleto de cobra que achei.
Trezentos e dezoito ossos
que eu mesmo armei com arame.

———— ✳ ————

— Professora, uma estante inteira? Não é como a coleção da Nat... são várias coisas diferentes. Ele tem que escolher uma, na minha opinião.

— Mas quem pediu sua opinião, Kai?
— É só o que eu acho, Jay, relaxa!

— Hum. Talvez eu concorde com o Kai: é apelar um pouco... mas vou aceitar. Estamos fazendo isso por diversão. É difícil, né? Eu mesma mal consigo decidir.

— O.k., mas ainda acho que não é... não é bem *essa* a ideia.

— Ei, Jay, você pode pôr sua estante no tapete do Charles, rá-rá!

— Ahn... Não se o tal vizinho ainda estiver enrolado nele.

———— ✳ ————

Fico pensando no Prince, ele nunca duvidava de mim.
Bom, não vou duvidar dele agora. Vou dizer o que tinha pensado:
a coleira que eu guardei. Ainda tem o cheiro dele.

———— ✳ ————

— O que a May falou sobre as avós e aquela blusa me fez pensar
na *minha* avó. Na foto dela e do meu avô mexicano,
que eu nunca conheci. Antes do casamento. Ela era tão nova!

É uma foto muito antiga, então é isso que devo salvar, né?
Mas preciso ser sincera, tenho certeza absoluta que,
se tivesse um incêndio, eu ia só pegar meu celular e fugir.

— Johanna, tenho uma ideia perfeita, faz o seguinte:
tira um monte de fotos dessa foto! Com o celular!
Aí, se tiver um incêndio…
— Vou ter os dois! Legal! Charles, você é um gênio!

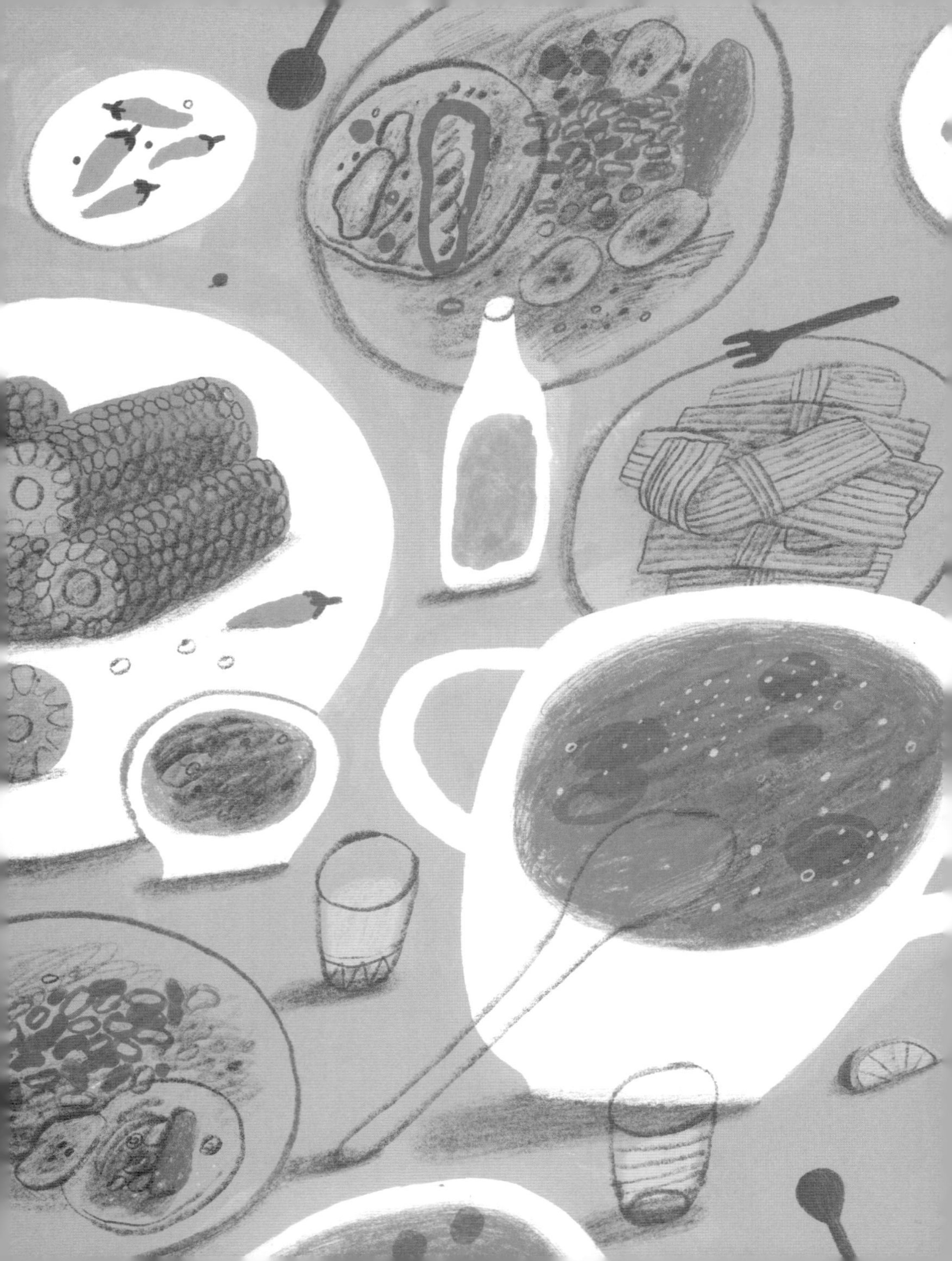

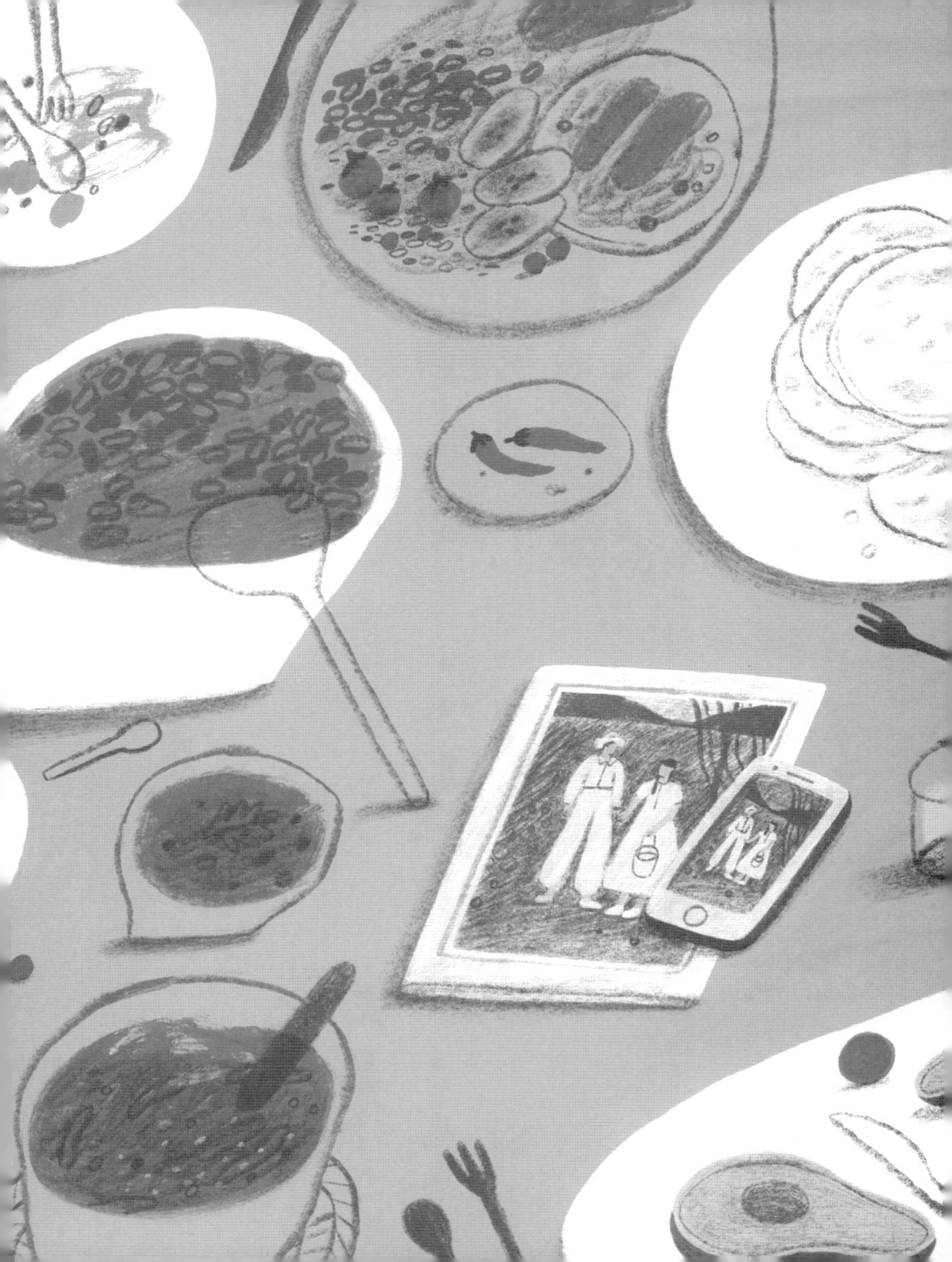

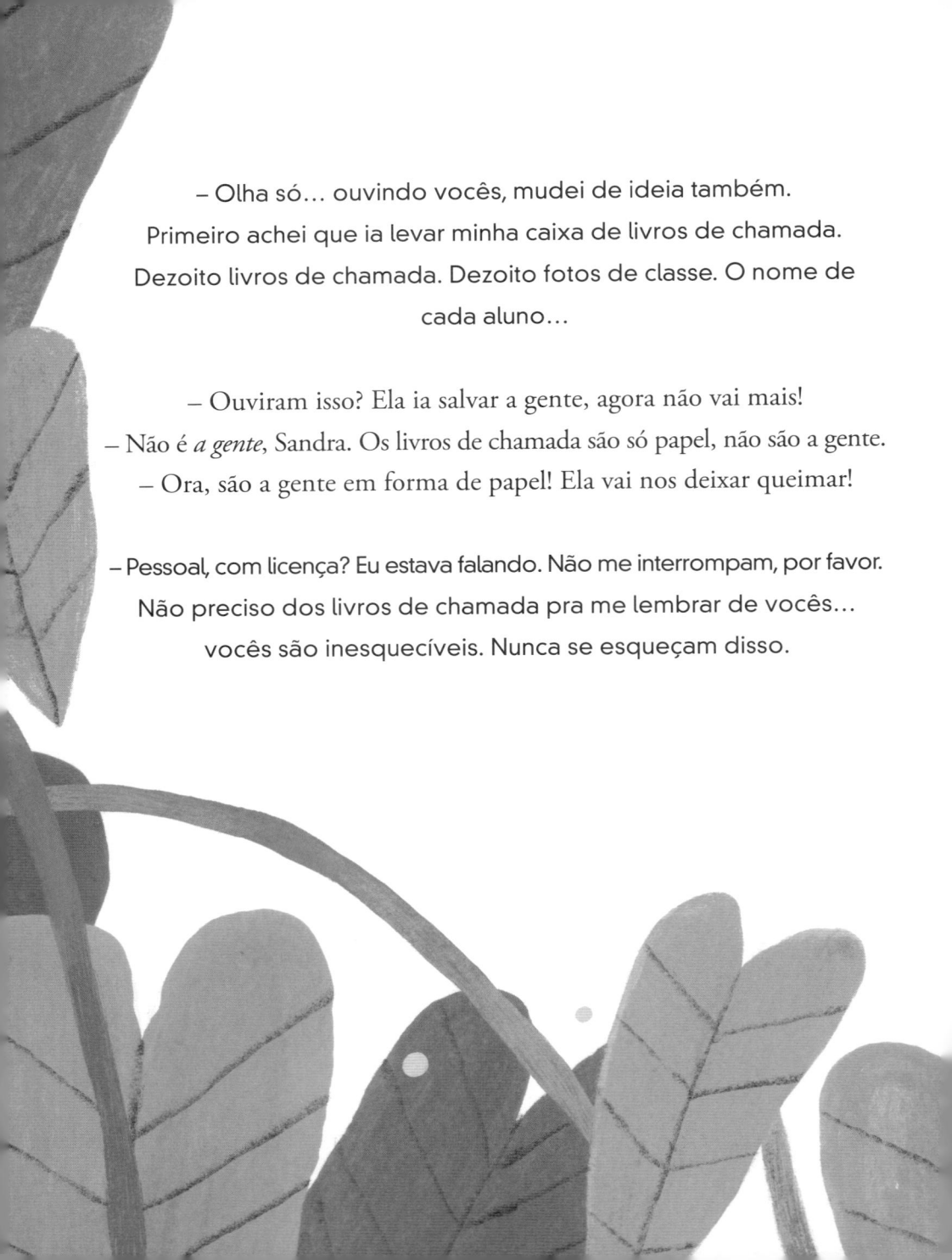

— Olha só… ouvindo vocês, mudei de ideia também. Primeiro achei que ia levar minha caixa de livros de chamada. Dezoito livros de chamada. Dezoito fotos de classe. O nome de cada aluno…

— Ouviram isso? Ela ia salvar a gente, agora não vai mais!
— Não é *a gente*, Sandra. Os livros de chamada são só papel, não são a gente.
— Ora, são a gente em forma de papel! Ela vai nos deixar queimar!

— Pessoal, com licença? Eu estava falando. Não me interrompam, por favor. Não preciso dos livros de chamada pra me lembrar de vocês… vocês são inesquecíveis. Nunca se esqueçam disso.

– Rá. A professora fez piada!
– Não se esqueçam de que são inesquecíveis!

– O.k. Posso terminar de falar?
Acho que eu levaria o meu filodendro.

– "Filho dentro"? O que é isso?
– *Filodendro*. É uma planta.

– Você conversa com ele? Então conta como pet.

– Não converso, mas ele é muito especial. Cresceu de uma muda da planta da minha mãe. Que cresceu de uma muda da mãe *dela*, minha avó.

– É tipo a blusa da May!

– Ou a foto da Johanna!

– Muito bem, Ty e Shareen. Excelentes observações, astutas e perspicazes.

– O que isso quer dizer? Perspi… quê?

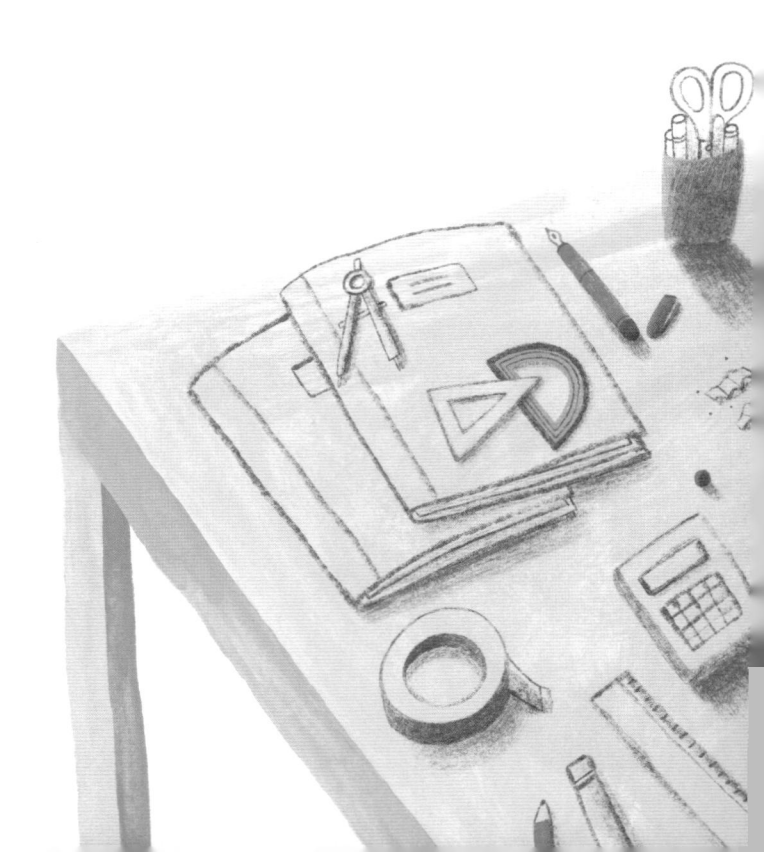

– "Perspicaz", um adjetivo. Audacioso, sagaz. "Astuto" também é um adjetivo. Significa "esperto".

– Você está dizendo que somos inteligentes?

– Sim. Foram vocês que me fizeram mudar de ideia.

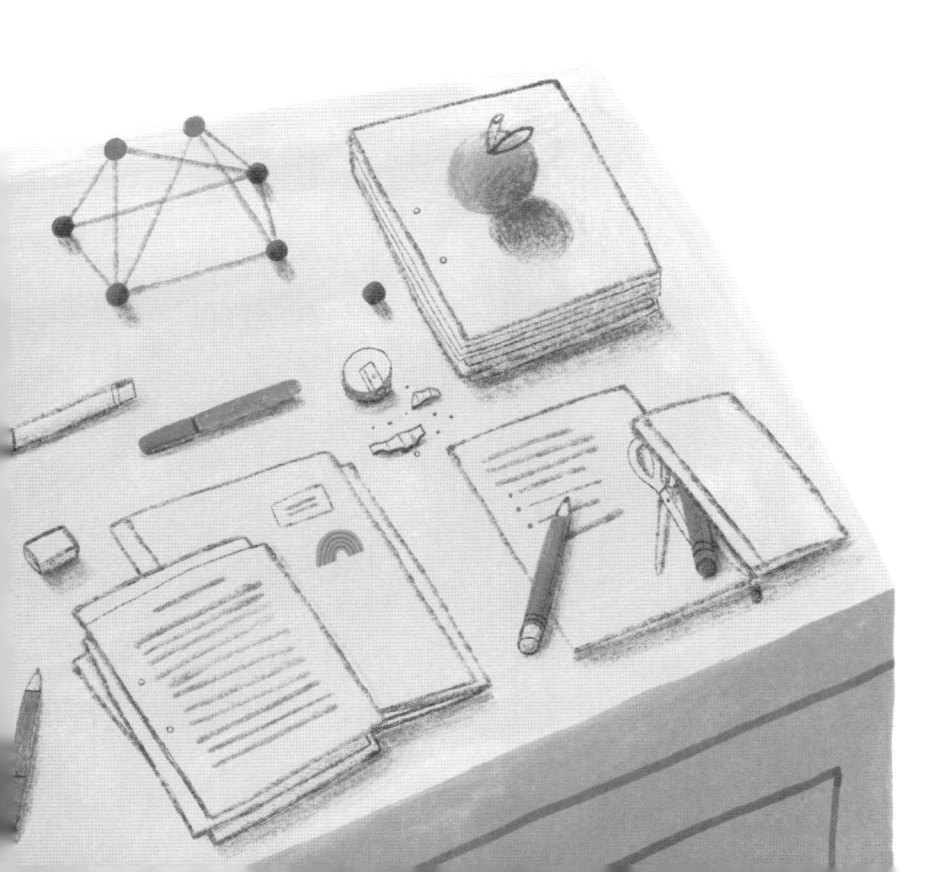

— Professora, a cobra do Jay parece bem legal.
Será que ele pode trazer pra escola?

— O que você acha, Jay?
— Ah, traz mesmo, Jay. Vou contar todos esses ossos.

— Talvez. Acho que tudo bem... tá.
Vocês realmente querem ver?

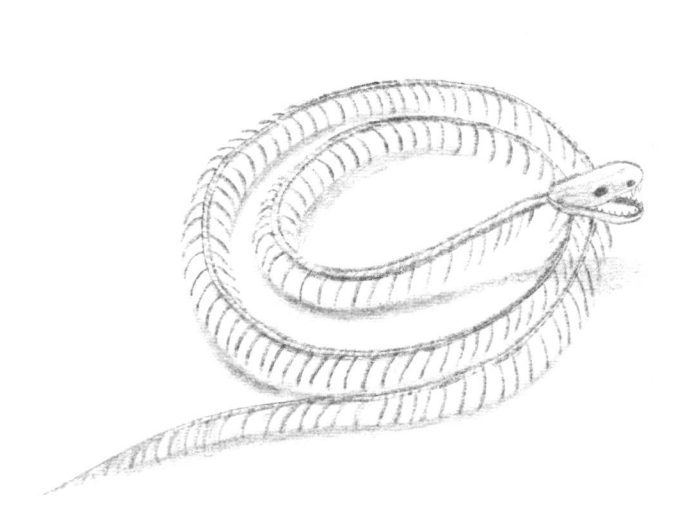

———— ✵ ————

Nota da autora

Para os poemas deste livro, peguei emprestada a estrutura de versos do *sijo*. *Sijo* (pronuncia-se CHI-jo) é uma antiga forma tradicional de poesia coreana. O *sijo* clássico tem três versos de treze a dezessete sílabas. Às vezes, os três versos são divididos em seis versos menores. Alguns dos poemas do livro foram escritos combinando versos curtos e longos.

    Todos os poemas usam a estrutura silábica do *sijo*; no entanto, muitos deles são muito mais longos do que os *sijo* tradicionais. Usar formas antigas de novas maneiras é o modo como a poesia se renova o tempo todo, renovando também o mundo.

Nota do tradutor

Como as palavras e frases costumam ser mais longas em português do que em inglês, a tradução está um pouco mais distante da estrutura silábica do *sijo* tradicional. Adaptei o texto mantendo as ideias essenciais e o ritmo poético. Afinal, uma tradução também é um exercício de escolher o que mais importa!